ハヤカワ文庫 SF
〈SF2361〉

宇宙英雄ローダン・シリーズ〈662〉

パラディンⅥの真実

H・G・エーヴェルス＆クルト・マール
星谷 馨訳

早川書房
8789

PERRY RHODAN

PALADIN VI

DER GROSSE BRUDER

by

H. G. Ewers

Kurt Mahr

Translated by

Kaori Hoshiya

First published 2022 in Japan by

HAYAKAWA PUBLISHING, INC.

This book is published in Japan by

arrangement with

PABEL-MOEWIG VERLAG KG

through JAPAN UNI AGENCY, INC., TOKYO.

目次

パラディンⅥの真実

パラディンⅥの真実

H・G・エーヴェルス

登場人物

ジュリアン・ティフラー………有機的独立グループ（ＧＯＩ）代表
エルサンド・グレル……………アンティ。ＧＯＩの潜在的テレパス
シド・アヴァリト………………アンティ。ＧＯＩの潜在的テレキネス
クスルザク………………………トプシダー。《ブリー》探知士
ソトラン・ホーク………………オクストーン人。ＧＯＩのポジトロニクス専門家
バス＝テトのハルコン…………アコン人。《カルマーⅢ》艦長
ティルゾ…………………………ブルー族。ＧＯＩの潜在的ディアパス
ティグ・イアン
　（スティギアン）………ソト。銀河系の支配者
ヒゴラシュ………………………ヴォマゲル。スティギアンの家臣
ウィンダジ・クティシャ………ハンター旅団の指揮官

1

《ブリー》にのこっていた全乗員が、ハイパー空間エネルギー通廊を抜けて《カルマーⅢ》に押しよせてくる。一瞬、ヴォマゲル種族のヒゴラシュは危惧した。GOIのメンバーたち、いまの絶望的状況にもかかわらず、ハンター旅団の宇宙要塞に抵抗し、無数に展開する戦闘艦隊に反撃を挑むつもりかもしれない。

警告しようか、あるいは愚行をやめさせようか。そう考えはしたものの、黙っていた。そんなことをすれば、自身がスティギアンの家臣であると洩らすことになってしまう。

ところが、かれの危惧も考えも的はずれだったことは、たちまち証明された。ハイパー空間エネルギー通廊が消えたとたん、艦尾の外側観察スクリーンに燃えあがる赤光がうつしだされたのだ。《ブリー》の名を持つ直径二百メートルの球型艦が、人工恒星に姿を変えたと思われた瞬間である。

だが、そうでないことはすぐにわかった。もし《ブリー》が人工恒星になったとすれば、同時に《カルマーⅢ》も巻きこまれていたはず。そうしたら、球型艦が燃えあがるようすをこの目で見るひまなどなかっただろう。《ブリー》が内破して、ぎらつく光がしだいにおさまってくると、ようやくわかった。乗員たちはこちらに逃げてきただけだ。かれらがサーモニタル爆弾を起爆したため、艦のどまんなかで内破発生装置が作動したのである。

これでふたつのことが達成された。《ブリー》の外にいる者は被害をまぬがれたし、宇宙要塞の面々がGOI艦をくわしく調べるのも不可能になったわけだ。結果として宇宙要塞では、銀河系の抵抗組織が開発した新技術の手がかりを得られないということ。

とはいえ、《ブリー》の乗員たちがうまくやったといえるかどうかはかなり疑わしい。ヒゴラシュはハンター旅団の指揮官ウィンダジ・クティシャについて個人的に知っているわけではないが、〝凶悪ハンター〟の噂はよく聞いているから、充分に想像できる。《ブリー》が自壊したことで、ウィンダジ・クティシャは捕虜にきびしい処置をとるだろう。それは命に関わるほど過酷なものかもしれない。

そうさせてはならないと、ヒゴラシュは思った。自分は意に反してスティギアンの家臣となり、ソトの秘中の秘である兵器にされた身だ。それでも、捕虜のなかにすくなくともひとり、かれの謎に満ちた出自を知る鍵となる人物がいる。

女アンティのエルサンド・グレルである。エルサンドが自分と非常に強い絆《きずな》で結ばれているのを感じていた。たとえ、彼女が敵の側にいるのだとしても……

＊

「全員、殲滅《せんめつ》する！」ウィンダジ・クティシャが大声をあげた。その姿は、まだ護衛艦《カルマーⅢ》司令室のハイパー通信スクリーンにうつしだされている。「戦いの戒律にしたがったなら、それが正当な処分だ。こちらが降伏せよといったのに、きみたちは艦を破壊したのだから」

「だめだ！」ヒゴラシュはあわてて口をはさんだ。

白い肌をした裸のプテルスが、ハイパー通信スクリーンのなかで目をせばめて、「黙れ、ハルト人！」と、脅すようにいった。「それ以上しゃべるな！」

「わたしはハルト人ではない！」ヴォマゲルが反論する。「そちらが捕虜を寛大にあつかうといわないかぎり、黙らない。かれらを殺したりしたら、きみの解任を要求する。わたしの言葉に多大な影響力があることは知っているはず」

「たかが家臣の言葉ではないか！」ウィンダジ・クティシャは声を荒らげた。だが、やがて自制をとりもどす。できれば前言撤回したいと思っているようすだ。

ヒゴラシュはなにもいわない。これ以上、自分の役割をばらすようなことはしたくなかった。かれとハンター旅団指揮官のやりとりを耳にしたGOIメンバーたちが、不審の目でこちらをで見つめているのだから。とはいえ、かれらもまさか、ヒゴラシュが精神の力でスティギアン・ネットを操ったとは予想だにしていないだろう。かれがそうやって《カルマーⅢ》および連結された《ブリー》のエネルプシ航行に影響をあたえたせいで、艦は突撃コマンドが指示した座標ではなく、ひたすら宇宙要塞七〇三をめざしているのだ。

むろん、かれの役割はウィンダジ・クティシャには知らされている。結局、ヒゴラシュがこうした役割を演じるのははじめてではないから。それに《カルマーⅢ》も永遠の戦士の護衛部隊のなかで、はじめてGOIに拿捕《だほ》された艦というわけではない。とはいえ、エネルプシ・エンジンがあらゆる手段でじっくり調べられることになりそうな場所で拿捕されたことは、一度もなかったが。

しかし、凶悪ハンターでも知らないことがひとつあるらしい……ヒゴラシュをハルト人と呼んだことで、はからずもそれを露呈してしまった。かれはハルト人でも、べつの生きた有機知性体でもない。それは見てはっきりわかるはず。

ハルト人戦闘服の模造品はちぎれてぶらさがり、漆黒の人工皮膚はところどころ熱せられて剝げ落ちている。これを見れば、かれ本来の肉体すなわち外被が純粋なスーパーアトロニタル合金製であることは自明だ。ほんもののハルト人ととりちがえるなど、ありえない。

つまり、ウィンダジ・クティィシャはパラディィン型ロボットがなんたるかを知らないということ。それを《カルマーⅢ》にいるGOIメンバーに悟られたくなくて、とりつくろうために口にした言葉だろう。早い話、ヒゴラシュの正体を知らないわけだ。

だからといって、ハンター旅団指揮官の知性に難があるわけではない。これまでヒゴラシュは出動のたび、つねに異なるマスクをつけてきたのだから。それを考えれば、ウィンダジ・クティィシャの〝スイッチ切り替え〟はむしろ速かったといえよう。

「いったいどうなっているんだ?」シド・アヴァリトが訊いた。エルサンド・グレルとパラチームを組むパートナーで、やはりアンティだ。

「いまはわたしが質問している!」ウィンダジ・クティィシャのきつい声がハイパー通信機に聞こえた。「ただちに降伏するなら、命は助けてやろう。ただし、きみたちGOIメンバーが、ソトの家臣でありながら反逆した裏切り者の影響を受けていないことが条件だ。裏切り者はその罪により、命を失うことになる」

《カルマーⅢ》の司令室にいるGOIメンバーは困惑したようにパラディィン型ロボットを見つめ、やっと事情がのみこめたという顔をしている。自分たちを裏切ったと思っていたこのパラディィンは、どうやら永遠の戦士にとっての裏切り者だったらしい、と。

だが、ヒゴラシュにはわかった。凶悪ハンターが機転をきかせてゲームをしかけたのだ。かならずしも狙いどおりの効果が得られたとはいえないものの、とにかくパラディンⅥに……すなわちソトの家臣に……多少のチャンスがのこされたのはたしかである。

「われわれ、降伏するわ」エルサンド・グレルがそういって、シド・アヴァリトに向きなおった。「エアロックを開けて、乗員たちに武器を捨てさせましょう！」

＊

女アンティはわたしに対して山ほど質問があるようだ。ヒゴラシュはそう感じたものの、とりあえず黙っていることにした。自分の正体をかくしておきたければ、嘘をつくしかない。嘘も度がすぎると数々の矛盾に巻きこまれ、最後は袋小路に入ってしまう。

いまのところは、エルサンドにメンタル・メッセージを送るだけで満足するしかなかった。それが、彼女を支えるひと筋の希望となるかもしれない……凶悪ハンターの尋問で心が押しつぶされそうになったときに。

もちろん、彼女はメンタル・メッセージの出どころがヒゴラシュだとは知らないだろう。それでも、かれがハルトにあらわれてからの出来ごとすべてを思いだしたなら、つじつまが合うと考えるかもしれない。

ヒゴラシュはそれ以上、思いをめぐらすことはできなかった。無数の銀河系諸種族からなる護衛隊員やシャンが《カルマーⅢ》の司令室に押しよせたのだ。ＧＯＩメンバーは武装解除され、銃をかくしていないか調べられたのち、拘束される。

ヒゴラシュは《カルマーIII》の最後のフェリーで宇宙要塞に移動した。要塞はほぼさいころ形の巨大構造物で、着陸斜路やアンテナドームなどの〝こぶ〟が無数にある。銀河中枢部のトーラス状凝集域と本来の中枢とのあいだ、星々の比較的すくない暗闇に〝引っかかった〟状態で、銀河中心核のぎらつく光がつくるまばゆい明るさのなかに浮かんでいた。

宇宙要塞のエアロック格納庫に入ると、プテルス二名に迎えられた。

「フェレシュ・トヴァアル七〇三によくきた、家臣！」一名がいった。「ついてこい」

「指揮官に会いたい！」ヒゴラシュは応じる。

「尋問がすべて終わってからだ」と、通知された。「最初の尋問のようすを見物していいぞ。それができる部屋にいま案内しよう」

ヒゴラシュに異存はない。かれの関心は目下、捕虜となったGOIのメンバーを肉体的・精神的拷問から守ることにある。なかでももちろん、エルサンド・グレルの心身を健やかにたもっておきたかった。いずれ、自分の真のアイデンティティを調べるさい、彼女の協力を期待しているから。

プテルス二名とともに通廊をいくつか進み、反重力シャフトで下へ向かう。着いたところは、壁の一面全体がスクリーンになっている空間だった。

そのスクリーンに、ある小部屋の光景がうつしだされている。両の側壁は銀色に輝き、閉まったドアがそれぞれ五つあった。黒い床材はプラスティックのようだ。高さ四メートルほどの天井から、目を射るように白くまばゆい光が注《そそ》いでいる。

奥の金属壁はブルーに輝き、その前にウィンダジ・クティシャが立っていた。完全に裸で、プシ・プレッサーも身につけていない。《ブリー》のGOIメンバーの前に登場したときとはちがい、今回は〝究極の姿〟をとっていなかった。

このうえなく平和的な印象だ。おまけに、武器のひとつも持っていない。

それでもヒゴラシュは知っていた。クティシャの近くに浮遊するロボット三体が、丸腰のハンターを補ってあまりあるほどの戦闘力を持つことを。

三体ともまったく構造がちがう。一体はメタリック・グレイの半球形で、高さ八十センチ、直径百六十センチ。二体めは高さ百二十センチ、基部の直径四十センチの円錐だ。ブルーのプラスティック製に見える。最後は一辺が八十センチの立方体で、真鍮のような金属でできている。

三体ともに、センサーや格納可能な触手がびっしりついていた。その武装は、従来型の戦闘ロボット百体に匹敵するだろう。

ウィンダジ・クティシャが、見えない装置に向かってなにかいった。

するとたちまち、かれの周囲の空気がはげしくきらめき、その姿が見えなくなる。きらめきが消えたとき、凶悪ハンターはもう黒い床の上にはおらず、玉座のような大きな椅子にすわっていた。椅子はひろい階段を三段あがったところにある台座の上に置かれている。

色は奇妙なグリーンだ。天井照明が色あせた黄色になったとき、それがはっきりわかった。ぼんやりした薄闇のなか、台座も椅子も浮かんでいるように見える。

この瞬間、二名のGOIメンバーがヒゴラシュの目にうつった。スクリーンではわからないが、右側壁の前方にあるドアから入ってきたようだ。

そのひとりがアンティのエルサンド・グレルだとわかったとき、ヒゴラシュの心は嵐のごとくざわめいた。

〝暗黒空間〟という言葉が、ふたたびの意識のなかにフェードインしてくる。かれは本能的に、自分の〝双子〟にコンタクトしようとした。だが、共鳴は起こらない。いまいる空間が上位次元のエネルギーを遮断するらしい。

凶悪ハンターがGOIメンバー二名の尋問を開始するところだ。ヒゴラシュは気持ちを切り替えて、そちらに集中した。一部始終を見とどけなくてはならない。

ウィンダジ・クティシャの狙いはなんだろうか？

まわりからは概して単純と見られるヒゴラシュだが、いくらかれでも、ハンター旅団の指揮官が下心もなくエルサンド・グレルとシド・アヴァリトの尋問に間接的に参加させると思うほど、おめでたくはない。

「現実をしっかり認識し、降伏を先のばししなかったのは賢明な判断だった」ウィンダジ・クティシャは前置きなしにいった。捕虜二名の姿に心が動いたようすもない。「わたしがだれだか知っているな。ハイパー通信で話したさい、きみたちのひとりがわが名を呼ぶのが聞こえた。たしかにソタルク語のウィンダジ・クティシャは、インターコスモでは〝凶悪ハンター〟といった意味になる。だが、わたしが凶悪な顔を見せるのは、みずからの失敗に学ぶことをしない不服従者に対してだけだ。理性的にふるまう者はわたしにとってあっぱれな敵であり、物わかりのいい勝者となる」

捕虜二名とハンター旅団指揮官の対決にとてつもない心理的緊張をおぼえていたヒゴラシュは、やや気がゆるんだ。ウィンダジ・クティシャは多くの護衛隊員や、とくに敵にとっては悪名高い怪物だが、いまはまったくそう見えない。

「きみたちの名は？」ハンターがたずねる。

「わたしはエルサンド・グレルで、こっちはシド・アヴァリト」女アンティが答えた。「ふたりで《ブリー》の全乗員をひきいている。われわれがいえるのはそれだけよ。どんな拷問手段を使ったところで、なにも聞きだすことはできないわ、ウィンダジ・クティシャ」

凶悪ハンターの三角形の眼窩《がんか》におさまる白い目が燃えあがる。だが、やがて炎は消え、表情も失われた。

「拷問手段を使ったことなどない」と、おだやかといってもいい声で、「敵を説き伏せ、相手もこちらも根本的には同じ側に立っているのだと納得させるのが、わたしのやり方だ……こちらはそれを知っていて、相手は知らないだけのこと。とはいえ、敵を納得させることにはこれまで何度も成功している。結局のところ、わがソトとわたしが銀河系にきたのは、ここの文明住民から権力を奪い搾取するためではないから。その逆で、きみたちに進歩と高度技術をもたらし、戦争崇拝のもとでの自由解放を実現しようと思ってきたのだ。きみたちの利益のため、カオタークにもコスモクラートにも属さない第三の道をめざして戦っている」

「銀河系諸種族はすでに第三の道を選んでいたわ。最初のソトがこっそりもぐりこむ前にね」エルサンド・グレルが冷静に、だがきっぱりいう。「その道を進んでいくのに、異人の助けは必要ない」

「まちがった前提から出発しているぞ、エルサンド」ウィンダジ・クティシャは動揺も見せず、おちつきはらっていいかえした。「銀河系諸種族を代表するのはギャラクティカムだ。GOIではない。GOIはただの利益団体にすぎず、銀河系文明の名において発言したり行動したりする権限などないはず。権限を持つのはギャラクティカムで……かれらはいまや、ソト＝ティグ・イアンと緊密に協働している。事情をわかっているからな。かたやＧＯＩは非合法組織だ。いつでもどこでも争いの種をまいては、銀河系諸種族の利に反する行動に出ている」

「でたらめいうな！」シド・アヴァリトが反発した。「ＧＯＩはひとえに、あらゆる宇宙勢力からの独立をめざして争っているだけだ。コスモクラートやカオタークにも、戦士崇拝集団のような銀河外組織にも縛られたくない。われわれの好きにさせてくれ。そうすれば、宇宙の諸勢力とも平和な関係を築けるだろうし、ひょっとしたら友情だって生まれるかもしれない！」

「それこそ、まさにわれわれの望むところ」ウィンダジ・クティシャがもったいぶって応じる。「わたしにはその件でＧＯＩの幹部と話し合う用意がある。だが、かれらがこないなら、こちらから出向くしかあるまい……たとえば〝クラーク・フリッパー〟という名の主基地まで。そこで提案だ。わたしをクラーク・フリッパー基地に案内してくれ。そうしたら、《ブリー》の全乗員を解放しよう！」

ヒゴラシュはおちつかなくなった。凶悪ハンターのやり口はあまりに見えすいていて、捕虜たちが引っかかるとも思えないが。ＧＯＩの司令本部であるクラーク・フリッパーの座標を手に入れたが最後、ウィンダジ・クティシャはすべての戦力を動員して基地を殲滅するだろう。それはＧＯＩメンバーもわかっているはず。

捕虜二名は思ったとおりの反応を見せた。

「断るわ!」エルサンドが即座にいう。

ヒゴラシュは生命活動がとまったように感じた。にべもない拒否の言葉にハンターが挑発され、エルサンドに対して断固とした処置をとるのではないかと思ったから。

だが、いい意味で期待を裏切られることになる。

「わかった」ウィンダジ・クティシャは平然とそういったのだ。「きみたちをすんなり説得できるとは思っていない。これからまだ何度も話し合おう……そうすれば、いつかはたがいに歩みよれるはず。もう行っていい、エルサンドにシド。きみたちの宿舎と食事は、ハンター旅団のヒューマノイド要員たちが好むものに合わせてある。それでも、なにか不満があればいつでもいってくれ。すぐに対処するから」

かれが合図すると、それまでスクリーンに見えていなかったロボット二体があらわれ、捕虜たちを小部屋から出した。

ヒゴラシュはおおいに安堵した。

捕虜は虐待されるにちがいないと思っていたが、根拠のない心配だったのだ。エルサンド・グレルの心身の健康状態がおかされる危険はないということ。

なぜ自分がウィンダジ・クティシャに無条件に協力する気がないのか、その理由はわからなかったが……

2

トプシダーのクスルザクは考えこみながら監房を歩きまわっていた。かれと仲間たちは小型フェリーに乗せられ、ここハンター旅団の宇宙要塞内に拘束されたのだ。

フアタ・ジェシやその指揮官ウィンダジ・クティシャに関して聞いたところによれば、かれらの手に落ちたGOIメンバーは捕虜として丁寧なあつかいをされるどころか、まったく逆らしい。多くの捕虜が消息不明となっていることから、ハンター旅団というのは異人の命を尊重しないのだと考えられる。

だからこそ、自分も宇宙要塞ではさぞ居心地の悪い牢屋に入れられるものと覚悟していた。おまけに多くの囚人たちと同室にされ、足の踏み場もないにちがいない、と。

ところがさにあらず、シャン二名がかれを連れていったのはひろく明るい部屋だった。空調は申しぶんないし、衛生設備もととのっていて文句のつけようがない。湯を満たしたたいらな浴槽と、暖房のきいたタイル張りベンチまである。まさに、わざわざトプシダーのためにつくったかのようだ。

それでも、この平和は見せかけだろう。クスルザクは一時期、クラーク・フリッパー基地で主ポジトロニクスをあつかう仕事をしていた。それも、かつてハンター旅団の捕虜となった者の報告を評価する部門だ。だから、ボニファジオ・スラッチという男の報告についてはよくおぼえている。スラッチとその仲間たちはひとりのこらず、ハンター旅団からひどい仕打ちを受けたのだ。極寒地獄や灼熱地獄の牢屋に入れられたり、衛生設備もない監房で汚物と悪臭にまみれて耐えがたい状態にされたり、数々の身体的・精神的拷問があったという。

だが、いまのところ、ここフェレシュ・トヴァアル七〇三でそんな話はまったくない。ということは、スラッチが自身の失敗や裏切り行為をごまかすために虚偽の報告をしたか……あるいはハンター旅団が捕虜に対する態度を根本的に変えたか、どちらかだ。

ひょっとしたら、捕虜の意志をくじくのをやめ、気持ちを変えさせるやり方にしたのかもしれない。

それとも、ある程度まともな待遇をしたあとに強硬な手段で脅すほうが、さらに効果があがると考えたか！

クスルザクはけっして、知性体には善の力が宿るという幻想を信じる者ではない。GOIに参加する前は、ギャラクティカムの宇宙犯罪学者として、種々の利益団体による犯罪行為を捜査していた。大手企業や大規模商人グループの策略が明るみに出るたび、身の毛のよだつ思いがしたもの。それは今日《こんにち》でも変わらない。経済界で地位と名声と力を持つ者たちが、表向きは世間のためといいながら、じつは権力と儲けのみをもとめ、腐敗という名の沼に落ちていく。

銀河評議員だったかれがGOIへの参加を決めたのは、ひとえに企業犯罪の捜査をこれ以上つづけられないと思ったからだ。敵と味方の区別をつけるのがしだいにむずかしくなり、なにが犯罪行為かわからなくなってきたためでもあった。

戦士崇拝と戦っているかぎりは、利害関係が見通せるし、どこが前線なのか明確に予測できる。これまでその予測が裏切られたことはない。外部の敵と戦うのはいつだって、内部の敵を相手にするよりかんたんだ。

ところが、いまは前線そのものが消えてしまったように思える。状況はますます見通せなくなりそうだ。そう考えると、ふいに故郷惑星が懐かしくなった。あそこにはまだ、手つかずの大自然にかこまれた土地があるにちがいない。

かれは暖房のきいたタイル張りベンチに腰をおろし、コンビネーションのファスナーを開けると、鱗《うろこ》におおわれたトカゲの尾を浴槽の湯につけた。

だが、リラックスできたのはほんの数秒間だけ。それ以上は許されなかった。

ゴングの音が鳴りひびいたのだ。抑揚のない音声がインターコスモで告げる。

「捕虜のクスルザクは立って部屋の中央に進め！」

むだな抵抗をする気はない。かれは温かいベンチから立ちあがり、監房のまんなかに向かって歩いた。

次の瞬間、右側の壁近くにまばゆい光の円錐があらわれた。いったいなんなのかと考えをめぐらす前に、円錐がひろがって、クスルザクをとらえる。

あとずさりしようとしたが、抵抗しがたい力につかまれた。すぐに周囲が真っ暗になる。やがてトプシダーは非実体化・実体化のさいによく起こる、引っ張られるような痛みを感じた……

*

暗闇が消えると、クスルザクはべつの場所にいた。

天井には褪《あ》せた黄色の照明がある、寒い空間だ。不安になるほど寒い……すくなくとも、トカゲの末裔《まつえい》にとっては。

しかし、それよりも不安をおぼえたのは、玉座に似た椅子にすわる者の白い姿だった。白ではなく、無色というべきか。椅子は三段からなる階段の上にあり、透き通ったグリーンに輝いている。

凶悪ハンターのウィンダジ・クティシャだとわかった。自分たちがまだ拿捕した《カルマーⅢ》にいたとき、降伏を要求してきた相手だ。

玉座とクスルザクのあいだに、姿かたちの異なるロボット三体が浮遊している。ハンター旅団指揮官のボディガードだろう。

「わたしがだれかわかるかね、トプシダー？」おだやかな声が、へつらうようにたずねる。

クスルザクは思わず硬直した。

相手が険悪な調子で話しかけてきたなら、奇妙だと感じなかっただろう。結局は敵なのだから。この媚《こ》びるような口調を聞いて、これまで多くの知性体と付き合ってきたトプシダーは思った。かれはわたしを道具として使う魂胆にちがいない。

「凶悪ハンター」トプシダーはまったく感情をまじえずに、「わたしはクスルザク。GOIの一員だ」

「それ以上いう気はないわけか」ウィンダジ・クティシャはかすかな皮肉をこめて応じた。「ゲームにはルールがあり、それを守る者をわたしは尊重する。ところが、捕虜のなかに数人、自分たちの利だけを考える者がいるようだ」

「ありえる話だな」クスルザクはそっけなくいった。

《ブリー》乗員のだれのことをいっているのか、それはわからない。だが、知性体のいい面よりも悪い面に関する経験をあれこれ積んできたので、それなりの手段を使えば裏切り者に変身するエゴイストが捕虜のなかにいるだろうことは、おおいに考えられる。

「だれのことなのか知りたくはないか？」ハンターの指揮官が訊く。

「時がくれば自分で見つけだす」トプシダーは答えた。

「それではきみにとり、遅すぎる結果となる」と、ウィンダジ・クティシャ。「きみがわたしのことを正しく理解していれば、わかるはず。わたしが任務を遂行できるのは、重要情報をためらわず武器として投入するからなのだと」

クスルザクは辛辣《しんらつ》な言葉を返そうとしたが、思いとどまった。よけいなことをして相手を刺激するより、まずはハンターの言葉に耳をかたむけたほうが得策だと考えたのだ。

さらに、こうも考えた。ウィンダジ・クティシャがしかけてきたゲームにしばらく参加していれば、相手がなにをたくらんでいるのか探りだせるかもしれない。

「つまり、わたしがきみに特別な利をもたらす対象であると、だれかが耳打ちしたわけか？」と、切りだしてみた。「ふむ！　どうしたものかな。事情を教える気はないのか？」

「切り札はあまり早く出したくないのでね」凶悪ハンターが答える。「これはテラの慣用句だが、理解できるな、トプシダー？」

「もちろん。テラの古い慣用句ならほとんど知っている」クスルザクは応じ、「獲物をおびきだすため、藪をたたいてもいいか？」

この慣用句の意味を探っているのか、ウィンダジ・クティシャはしばらく沈黙していたが、やがていった。

「きみが正しい藪をたたいたなら、わたしは袋からネコを出すだろう」

クスルザクは先の割れた長い舌を出して角質の唇をなめた。凶悪ハンターとの〝一騎打ち〟は望むところだ。銀河評議員かつ宇宙犯罪学者として活動していたころの楽しかった部分を思いだす。捜査のさいに高揚感と、とてつもない満足感を何度かおぼえたものだった。自分が伝説のUSOスペシャリスト、シンクレア・マーロウト・ケノンのシュプールをたどっている気になり、かれと同等の業績をあげられそうな感じがしたから……残念ながら、それは一度もなかったのだが。

かれは懸命に頭を働かせた。

相手のいうことが事実で、本当にだれかが自分にハンターの注意を向けさせようとしたのなら、それはエルサンド・グレルかシド・アヴァリト以外に考えられない。あるいは、その両者かも。出動グループのほかの者たちは自分のことを表面的にしか知らないのだから。GOIに参加する前になにをしていて、どういう能力があるか、だれより情報を得ているのは両アンティだ。

よりによってあのふたりがウィンダジ・クティシャのいうような者だとは、まったく思わないが。

とはいえ、それはこのさい関係ない。両アンティがこちらをだしにして、ハンターに対して自分たちのことをよく見せようとしている……そうクスルザクが疑いを持ったとしても、ふたりが傷つくことはないだろう。

「往々にして、敵と最初に手を結ぶのは組織のトップにいる者だ」トプシダーは口を開いた。「エルサンドとシドはわたしのことをどういっていた？」

「正しい藪をたたいたな」と、凶悪ハンター。

「だったら、袋からネコを出してもらおう！」

「ふたりがいうには、きみは背信者ジュリアン・ティフラーの側近で、かれの重要な秘密を知っているとか」

クスルザクは背中の鱗が逆立つのを感じた。かれは実際、ティフラーと個人的に宣誓をかわした〝機密保持者〟なのである。だが、エルサンドとシドはそれを知らない。ティフラーとその恋人ニア・セレグリス以外に知る者はないはず。ＧＯＩのほかの機密保持者についても同様だ。当事者の身の安全に関わることだから。

つまり、ウィンダジ・クティシャが出まかせをいったとしか考えられない。だが、それにしてはあまりに的を射ていて不気味なほどだ。クスルザクのなかにちいさな疑念が芽生えた。アンティたち、もしかしたらティフラーをひそかに探り、本当に機密保持者としてのわたしの役割を知ったのだろうか。

「どうかしたか？」あまりに長くクスルザクが無言なので、ハンターが訊いた。

トプシダーは心のなかで笑った。いまの質問は、自分が機密保持者であることをハンターが知らず、まったく疑いもいだいていないという証拠だから。もし疑っていれば、こちらの沈黙を肯定だと受けとめたはず。

「あまりにばからしくて、ずっと頭を悩ませていた。なぜかれらがそんな話をでっちあげたのかと思ってね」と、答える。「笑うべきところなのだろうが、だれかが陽動作戦のためにこちらを人身御供《ひとみごくう》にしたと考えると、怒りのほうが大きい。ただ遺憾ながら、わたしは両アンティをよく知らないので、目には目をもって報いることができない」

「とはいえ、きみがかれらと同室になれば、なにか役だつこともあるだろう」凶悪ハンターの返事だ。「むろん向こうはきみを探ってくるだろうが、うまく立ちまわり、逆にかれらから情報を入手するといい。そうすれば名誉回復できるぞ」

「名誉回復？」クスルザクは気を悪くして、「その必要がわたしにあると？」

「いまのところは、ない。だが、エルサンド・グレルとシド・アヴァリトがさらにきみをおとしめるような話を持ってきたら、必要が生じるかもしれん」

「そんなこと、できるものか！」クスルザクは憤慨してみせた。「よし。きみの申し出を受け入れよう、凶悪ハンター。わたしには他者のために命をかける気はないからな。かれらと同室になるのはいつだ？」

「まあ待て、トプシダー。当面はまだ監房にいてもらわないと。ただ、じきにうつることになるだろう」

ウィンダジ・クティシャはそういうと、手を振って合図した。

まばゆい光の円錐が円錐形ロボットから生じ、クスルザクをとらえた。周囲が暗くなる。

ふたたび明るくなり、頸筋を引っ張られるような痛みを感じたと思うと、かれは自分の監房内に立っていた……

3

ポジトロニクス専門家のソトラン・ホークが、ヴレクル・マンザとカーセン・ブロナーにこっそり合図を送る。なぜ〝こっそり〟かというと、オクストーン人三名が共同で使っている部屋のどこかに……これまで見つけることはできていないが……極小センサーがしかけられていて、観察されているはずだからだ。ヴレクルは思った。ソトランのやつ、本当にやってのけたな。

ヴレクルとカーセンは遠まわりしながら、友のほうへゆっくり歩いていく。ソトランはちょうどポジトロン・オルガンの修理を終えたところらしい。それは実際にポジトロン性の楽器だった。そうでなければ、プテルスたちが《ブリー》乗員の装備を調べたさい、まちがいなくソトランからとりあげていただろう。

オクストーン人の捕虜三名が入れられた監房はインケニット製の強固な壁でかこまれ、気温はつねに摂氏マイナス百三十度、重力はつねに六Gだ。

いずれの値《あたい》もオクストーンでの限界値であるマイナス百二十度および四・八Gとく

らべたらわずかな差だが、持続的な負荷なので、長くつづけば消耗してしまう。それを知っているかれらは脱走しようと考え、宇宙要塞内の位置関係を把握するためのあらゆる可能性を最初から探っていた。

ただ、それができるのは基本的にはソトラン・ホークだけだ。かれはポジトロニクスとシントロニクスの分野で卓越した手腕を持つ。その能力たるや、手品とか魔法のようなもので、宇宙要塞の要員はだれひとり想像すらできないだろう。

「これでまた問題なく動くぞ」ソトランが、近くにきたふたりにいった。「やるか？」

「早くやれ！」カーセン・ブロナーがせっつく。

ヴレクル・マンザも緊張しながら、オクストーン人にしては華奢《きゃしゃ》なからだつきのソトラン・ホークを見つめた。ソトランは下腕ほどの長さのポジトロン・オルガンの上にかがみこみ、ボリュームを最小に調整する。

すこしして満足げにうなずくと、腰をおろした。うっとりした表情で遠くを見つめてから、無数にあるセンサー・ポイントや目盛りの上に指をはしらせる。そうやってオルガンを奏でるのだ。

耳を聾するような音楽が監房じゅうに響きわたった。これほどの大音量を流されたら、オクストーン人でなければ鼓膜が破れてしまうだろう。つまり、それに匹敵する聴覚器官が障害を受けるはず。

だがソトランとカーセンとヴレクルにとっては、これでだれにも聞かれることなく話し合えると保証されたようなものだった。故郷惑星オクストーンの過酷な自然現象がもたらす音はもっとすごい。そのため、かれらはしょっちゅう五百メガヘルツまでの超音波を使って意思疎通する。とはいえ、これは種族が極限世界の環境にはじめて適応したのち、自然発生的な変異をへて、ようやく二十六世代めで身につけた能力だ。このきわめて高い周波は、生まれつき喉頭にある有機性の圧電振動子を刺激して過振動させることによって生じる。この音波を〝聞いて〟声に変調し、理解できるのはオクストーン人だけだ。ほかの生命体はまったく感知できない。だから、中央神経系のシナプスをやられたくなければ、三名が発する最初の音でつかむしかなかった……かれらが脱走あるいはほかの防衛手段を計画していると。

「ふたつのことに成功したぞ」と、ソトラン・ホークが告げた。「まず、映像と音で伝えられた内容をキャッチできた。それで、凶悪ハンターがぺてんを働いたことがわかったんだ。やつはエルサンドとシドに向かって、最初は親しげといってもいいほど人道的にふるまっていた。ある他者に対して、自分の実際のやり方をごまかす目的で。この者が〝舞台から引っこんだ〟とたん、やつは仮面を脱ぎ捨てて、エルサンドとシドを衛生設備のない灼熱地獄の牢屋に閉じこめた。このままだとふたりには死が待っている」

「いかにも犯罪者らしいやり方だな」ヴレクル・マンザが、やはり超音波を使って苦々しげにいう。「で、ふたつめはなんだ、ソトラン？」

「この部屋の装甲扉を開くインパルス・コードがわかった。ポジトロン・オルガンを細工したのさ。それで、扉の施錠に使われるエレクトロン・ポジトロン調整システムを突きとめられたんだ」

「だったら、ぐずぐずしていられない！」カーセン・ブロナーだ。「ここから脱走しないと。《ブリー》の乗員が宇宙要塞に拘束されていることを組織に知らせ、凶悪ハンターの拷問から解放してもらうんだ。脱走のチャンスが見こめるのは、強靭《きょうじん》な肉体を持つわれわれオクストーン人だけだからな」

「とはいえ、正気の沙汰じゃない作戦だぞ」ソトランはいましめた。「われわれには武器がない。おまけに要塞内の配置図もわからないし」

「武器なら途中で出会うシャンかプテルスから奪うさ」ヴレクルが辛辣な口調で、「それに、ふつう宇宙ステーションの周囲にはいたるところに乗り物用のエアロック格納庫がある。ここもその例にもれないだろう」

「よし、扉を開け！」と、カーセン。

ソトランも躊躇《ちゅうちょ》しない。細工ずみのポジトロン・オルガンを操作する。

装甲扉が半分、音もなく開いた。

オクストーン人三名は思わず動きをとめ、耳をすます。警報が鳴るかと思ったのだが、あたりはしずかだ。それでも、遅かれ早かれ扉を操作したことは知られてしまうだろう。

三名はすばやく開口部から滑りでた。

外に出ると、ソトランはもう一度オルガンをいじった。扉がふたたび閉まる。

全員であたりを見わたした。

いま立っている場所は長くのびた通廊だが、よく見るとわずかにカーブしているのがわかる。ここが宇宙要塞の周囲をはしる環状通廊であることは、まずまちがいない。

つまり、そう遠くない場所にもよりのエアロック格納庫があるはず。そこなら乗り物が見つかるだろう。これまでにGOIが極秘で調査したところ、エネルプシ・エンジンをそなえた艦艇が各宇宙要塞に二百隻はあるという。

「必要なのは、強力なエネルギー・バリアを持つ乗り物だな」と、ヴレクル。ソトランがオルガンを作動停止したので、いまはふつうの周波で話している。「権限を持たない者がスタートすれば、かならず発覚する。宇宙要塞から攻撃され追われることは覚悟しておかないと」

「格納庫があったぞ！」仲間ふたりより二十メートルほど前にいたカーセンが大声を出した。「ハッチ表面に、庫内にある艦艇のシルエットがエッチングされている。だが、ファアタ・ジェシにある乗り物のタイプはよくわからん」

「それに関してはヴレクルのほうがくわしい」と、ソトラン。

ヴレクルがふたりに追いつき、シルエットのエッチングをじっと見て、

「高速哨戒艇だな。防衛装備が貧弱なので、われわれの目的には合わない。こちらは二分もすればまちがいなく一斉射撃を浴びるはめになるんだから」

そういうと、先を急ぐ。

四番めのエアロック格納庫につづく人員用ハッチのそばで、ヴレクルは立ちどまった。腕を伸ばし、エッチングをさししめすと、

「突撃戦闘艦と呼ばれるタイプだ」と、うれしそうに説明する。「強力な装甲外被と、ほぼ突破不能な三重の高エネルギー・バリアをそなえている。そのかわり兵装は一門だけだが、大口径のトランスフォーム砲だ。われわれの狙いにはぴったりだろう」

「急げ、ソトラン！」カーセンが興奮ぎみにいった。「きみのオルガンを使ってハッチを開けるんだ！　時間がない」

「おちつけ！」ソトランがぶつぶついう。「施錠扉のインパルス・コードってやつは、順序だててやらないと見つからないんだぞ」

かれはハッチの前で膝をつくと、床にポジトロン・オルガンを置いて、気が遠くなるような例の動作をはじめた。センサー・ポイントに触れ、表示装置の目盛りを読み、データを修正していく。

その左右にいるカーセンとヴレクルは文字どおり、ジャンプ寸前の体勢だ。ロボット

であれ護衛部隊であれ、とにかく敵があらわれたら、即座に跳びかかるつもりで。

ところが、だれもあらわれない。おかげでソトランはじゃまされずに作業に専念することができた。

ついに細工が完了。エアロックの内側ハッチが開く。格納庫に入ろうとすれば、かならず起こる現象だ。そこに入ったなら、宇宙空間の真空と隔てるものはただひとつのハッチしかない。

オクストーン人たちはエアロック室に突進し、自分たちのうしろで内側ハッチが閉まるのと、目の前で外側ハッチが開くのを、じりじりしながら待った。そのさい三名とも、突撃戦闘艦に乗りこむためのスイッチ操作はすでにすませていた。艦のスタート準備をととのえ、最終的には宇宙空間へと、自由へと、飛びだしていくための操作である。

内側ハッチが閉まると、三名は安堵の息をついた。ラストスパートに向けて、筋肉が緊張する。

ところが、外側ハッチは開かない。

かわりに、あざけるような声が響きわたった。凶悪ハンターだとすぐにわかる。

「なんとおろかな者たちよ。わたしはハンター旅団の設立者であり、その出動を数千回にわたって計画し、指揮し、評価してきた。そのわたしが、おまえたちの脱走を予測しなかったと思うか？　なにをたくらんでいるか、会話を聞いて正確に知ることができなくとも、必要な対策を講じるのに支障はなかった。おまえたちは二度と出られない罠にはまったのだ」

そういうと、相手は沈黙した。そのあいだにオクストーン人三名は、強靭なからだを使って外側ハッチに肩から体当たりし、突破しようとする。だが、ハッチはインケニットの強度を持つメタルプラスティックで、びくともしない。やがて、ハンターの声がふたたび聞こえた。

「わたしの手を逃れようとするのがいかに無意味なことか、これでわかったはず。英雄ぶるのはやめて、こちらに協力したほうが身のためだと悟ったならいいが。とはいえ、もういまからは慈悲は期待しないことだ。わたしはＧＯＩに関する情報がほしい。それをかくそうとするなら、生まれてこなければよかったと後悔する目にあうぞ」

「われわれの力を知らないな、エルファード人！」ヴレクル・マンザが怒って叫んだ。

凶悪ハンターはコメントしない。そのかわり、外側ハッチの上にまばゆい光の輪が生じた。次の瞬間、同じくまばゆい光る円錐があらわれ、気がつけばオクストーン人三名はそのなかに捕らえられていた。

「ハルトにのこっていればよかった！」というソトラン・ホークの言葉を最後に、三名は非実体化した。

4

惑星ハルトは夜でも明るい。

ここは銀河系中枢部ではないものの、惑星は銀河凝集域のなかにあり、五十光年もはなれていない無数の星々が夜空を照らすからだ。ハルトと母星の距離がこれほど近くなければ、昼間よりも夜のほうが明るかったかもしれない。

それでもまだ明るすぎるくらいだ、と、バス＝テトのハルコンは思った。いずれにせよ、アコン人の中心世界、スフィンクスの夜よりは。惑星スフィンクスでは夜になるとふたつの衛星に照らされるのだが、衛星のひとつは水星の大きさで、ひとつはもっとちいさく、隕石くらいだから。

よりによっていま、こんなことを思い浮かべるとは、おかしなものだ。生涯でもっともみじめな思いをしているというのに。

かれは廃墟の壁に背中をもたせかけ、内なる重圧に身をまかせてハルトの星空を見あげた。周囲ではうなり、うめき、嘆く声が聞こえる。そこにときおり、どすどすという足音と吠え声にも似たささやきがまじる。

ハルト！　ここハルトでわたしはなにをすればいいのだ？

しばらく考えをめぐらすが、答えは出ない。すると突然、心のなかに、ひとりの若い女の顔が浮かぶ。

アコン人貴族の女だ。絹のようになめらかな肌は金色がかった褐色。完全に左右対称の高貴な顔を、うっとりする輝きをはなつ銅色の髪が縁どっている。黒い瞳はえもいわれぬほど魅力的だ。

ハルコンの頭のなかでひらめくものがあった。精神の目の前にあらわれたこの女がだれなのか、もちろん知っている。

「イルナ！」と、ささやいた。

バス＝テトのイルナはかれの姉だ。十七年ほど前に謎の失踪を遂げたあと、姉はどういう運命に見舞われたのか。もとはといえばハルコンは、それを知りたくてシャドとしてウパニシャド学校に入り、訓練を受けたのである。

そして上級修了者になった。

心のなかから行方不明の姉の顔が消え、かわりに赤く湧きたつ波があらわれる。

怒りの波だ！

いま考えると、なぜ自分が戦士崇拝の狂信者になったりしたのかわからない……純血のアコン人であるこの自分が。アコン人貴族のなかでも最古にあたる家柄の出で、祖先はアコン文明を築いた一族にまでさかのぼるというのに！

この一族の者はだれもみな、戦士崇拝のような道理に合わない現象など、歯牙《しが》にもかけてこなかった。

なのに、なぜ自分はその下層世界に落ちてしまい、スティギアンのごとき成りあがりのいかさま師にびくびくしながら仕えているのか？

どう考えても正気の沙汰ではない。

そこまで思いをめぐらすと、ハルコンは無理やり気をとりなおした。怒りの気持ちをおさえこみ、下意識の深みから意識の表面へのぼってきた映像を振りはらう。

視界がクリアになった。

どうせまともには見ていなかった星空から視線をはずし、すぐ近くに目をやる。

最初に見えたのは、めちゃめちゃな砲撃を受けたように見える都市の廃墟で……思考の奥に疑念が芽生えた。自分がいまいるのは、ハルトじゃないのではないか？　ハルトに都市はないはず。

さらに見わたすと、シャント・コンビネーションを身につけた多くの者が目に入った。ハルコンと同じく廃墟の壁にもたれたり、そのへんに横たわったりしている。アコン人、アルコン人、トプシダー、テラナー、グラド、センプロン人、ルマル人、その他の銀河系諸種族だ。ほとんどは放心状態で、あらぬかたをぼんやり見つめているが、動いたり周囲に注意を向けたりしている者も数名いる。

だが、それだけではない。

ぼうっとして無感情な知性体のあいだを、真っ赤な戦闘服姿の巨人たちが歩きまわっていた。柱状の脚と半球形の頭部を持ち、粗野な印象だ。だが、無力な者たちをなんとかして奮いたたせようとしたり、傷の手当てや栄養補給をしたりしている。

ハルト人だ！　ハルト人がよるべなき者たちの面倒を見ている。ここでいう〝よるべなき者〟とは、ソト＝ティグ・イアンの護衛部隊から侵略コマンドとして派遣された十二万名のこと。かれらは指揮官ハルコンの命じるまま、惑星ハルトに着陸したのだ。ウパニシャドに対する不当干渉の罪でハルト人を罰し、戦って勝利を得るために。

ハルコンは思わず、どこかで落としたにちがいないブラスターを目で探した。任務にまつわる記憶があまりに強烈で、いまなおハルト人を敵とみなしているのだ。

「武器を探しているのならむだですよ、指揮官」だれかがすぐ近くでいう。「ここにはありません。おそらく、かれらが奪ったんでしょう」

「奪った？」アコン人はおうむ返しに、「かれら？　かれらとは？　そもそも、きみはだれなんだ？」

「ナギー・ボグダンです」と、同じ声が答えた。

「スティギアンのもと護衛隊員ですよ」こんどはべつの声。女のようだ。「われわれ、全員そうです」

ハルコンはこうべをめぐらせ、右のほうに声の主がいるのを見つけた。シャント・コンビネーション姿で、三メートルより上が断ち切られたプラスティック石段の上にすわっている。つるりとした顔に、やや細いアーモンド形の目。夜風になびくボブカットの髪を見れば、女であるとわかる。

「わたしはイルサイ・カムソキ」と、彼女。

ハルコンは思いだした。

イルサイ・カムソキ。護衛部隊の戦闘グループ……正確にいうと、ハルトに着陸した第二六一部隊の百名……の女リーダーだ。抜きんでた戦闘意欲の持ち主である彼女を、ハルコンはひそかに表彰しようか昇進させようかと考えていたもの。

それを口にしなくてよかった。いまの状況では、どちらも実現不可能だから。

かれはナギー・ボグダンを探してあたりを見まわし、さいころ形の瓦礫《がれき》塊の上にすわって凝縮口糧スティックをかじっている男を見つけた。

ナギーはかじりかけのスティックを口から出すと、にっと笑う。

「〝かれら〟とはハルト人のことですよ、指揮官」そういうと、右のほうに頭を振ってひとりの護衛隊員をさししめした。下腿部を負傷して担架《たんか》に乗せられているが、意識はあるようだ。「あのレニー・シプゴンを応急処置したのも、かれらです。レニーはうかつにも、あなたが発射したビームの射程に入ってしまった」

「指揮官はずいぶんとりみだしていましたから」イルサイ・カムソキがつけたす。「でも、われわれも大部分はおかしくなっていました。なにかにやられていたんです。正直いうと、もうわたしは内心で戦士崇拝とは縁を切りました」

「われわれ全員そうです」レニー・シプゴンがかぼそい声でいう。「みんな眩惑されていたにちがいない。テラナーは戦争という古い価値観を捨てて、平和主義へと進歩したはず。そのことを誇りに思っていたわれわれが、よりによってエスタルトゥからきた煽《せん》動《どう》者の吹く笛に踊らされて列をなし、暗黒時代の中世みたいな行動に出るとは……！」

　そこまでいうと、かれは痛みにうめいて失神した。

「レニーのいうとおり」と、イルサイ。「みんな自分たちの好戦的な言動を恥じています。もう二度とだれかのために戦ったりしない。まして、三回呪ってもたりないスティギアンのためになんか。かれはわれわれに重武装させて、友であるハルト人にけしかけたんです」

「われわれは洗脳されていたのだ」ハルコンが考えを口に出した。「それ以外に説明がつかない。自分たちの倫理観とモラルに極端に反する行動に出たのだからな。さらに、洗脳はスティギアンの手下がこっそりしくんだにちがいない。だが、その作用がもうなくなったのはなぜだろう？」

「抗法典分子ガスの相殺《そうさい》作用によるものです」大音声《だいおんじょう》が響く。

ハルコンと仲間たちがはっとして振り向くと、五メートルほどはなれた場所に一ハルト人が立っていた。

「申しわけなくも、あなたがたの会話を聞いてしまいました」と、ハルトの巨人。「許していただけるなら、われわれの世界に着陸したあなたがたとほかの護衛隊員になにが起こったか、説明しましょう。ちなみに、わたしの名はトクトル・カグン」

ふらつくのをこらえて、ハルコンは立ちあがった。古い家柄を誇る貴族階級の出なので、ほかの者よりはよくわかっているつもりだ……ハルト人のように、昔もいまも礼儀作法に特別うるさい種族に対するふるまいとして、なにがふさわしいか。

「わたしはバス＝テトのハルコン」そう自己紹介し、軽く会釈して片手を額に触れる。「お目にかかれて光栄のいたりです、カグン。なにか称号をつけてお呼びしたほうがよろしいか？」

「ただのカグンで充分」ハルト人がうやうやしく答え、手をあげる。「貴官のことはどうか〝サー〟をつけて呼ばせていただきたい。アコン人貴族の代表として名をとどろかせるかたに対しては、そうしなければ」

「痛み入ります」ハルコンは身長三メートルほどの巨体に向かって深々とお辞儀をした。「それがそちらのお望みとあれば、お断りするわけにはいきませんな。わたしには過ぎた名誉ですが。なにしろ、貴殿の故郷世界に十二万名の護衛部隊を着陸させ、力ずくの併合を命じた責任者なのですから」

「もうそのくらいにして！」レニー・シプゴンの悪態だ。また意識をとりもどしたらしい。「さっさと本題に入ってくださいよ！」

「かれはまだ頭がぼうっとしているので」アコン人が部下の無作法を詫びた。

「大目に見ましょう」トクトル・カグンは哄笑《こうしょう》した。声があまりに大きかったため、ぐらついていた近くの廃墟の壁が崩れ落ち、もうもうと埃《ほこり》がたつ。それがおさまると、かれはつづけた。「そのほかの件についても、ハルト人はなにひとつ根に持っていません。結局われわれにとり、すべてのヒューマノイド知性体は子供みたいなもの。母性本能を刺激される存在なのです」

「だったら早く説明して、ママ！」レニーがせっぱつまったようにささやく。「なぜ自分が脚を負傷してここに寝かされてるのか、知りたいんです。いったいどうしてこんなことになったのか」

「わたしも同じ思いでして、カグン」と、ハルコン。「われわれはみな、自分たちが侵略者としてハルトに着陸したことにひどく不安を感じています。しかも、あのときはそれが正しいことだと思いこんでいた……なのにいま、これほど突然に気持ちが変化したのも不安でなりません。それにわれわれ、あなたがたがローズバッド・シティと呼ぶこの都市で狂戦士のごとく大暴《おおあば》れし、ほとんどの建築物を破壊してしまった」

「どうかおちついてください！」ハルト人は相《あ》いかわらず割れんばかりの大声で、「ご自分を責める必要はない。あなたがたは非常に巧妙にしくまれた宇宙的策略の犠牲者なのです。まずはわたしの話を聞いてください！」

バス＝テトのハルコン、イルサイ・カムソキ、ナギー・ボグダン、レニー・シプゴンのほか、近くにいる数百名の護衛隊員もトクトル・カグンの言葉にじっと耳をかたむけた。ハルト人の声が都市の半分にまで響きわたる。

かれは語った、ウパニシャドの教えという名目のもとに知性体を洗脳する陰険な手段について。ウパニシャドとは瞑想を通じて精神的成就と自己コントロールをめざし、精神力・身体力を鍛えるための学びの場……そう考えて銀河系に設立されたウパニシャド学校の門をたたいた生徒はすべて、洗脳されるのだという。

トクトル・カグンがとくに力をこめて説明したのは、生徒がダシド室で吸引させられる、いわゆる法典分子の潜行性作用についてだ。生徒たちは、教師が口にする〝エスタルトゥの息吹《いぶき》〟を瞑想訓練のたんなる詩的表現だと思っているが、そうではない。法典分子は呼吸器を通じて脳の血流に入りこむのだ。なかでも大脳辺縁系、つまり感覚・運動・自律神経をつかさどる中枢部に沈積し、視床下部にも重大な影響をおよぼす。

カグンの言葉に聞き入る聴衆は、自分たちがいかにひどいやり方で徹底的に操られていたか、しだいに理解しはじめた。ある時点から知らず知らずのうちに法典分子の影響を受けていたのだ。倫理的に価値ある目標だと思いこんで心酔していた対象も、シャンすなわち宇宙エリートの一員であるという自覚も、服従・名誉・戦いの戒律からなる法典を認めることも、戦士崇拝や恒久的葛藤の見地から反射的に行動していたことも、すべては十字軍精神の倒錯にほかならなかった。知性を持つ生命体としては、もっとも絶望的に堕落したふるまいだといえよう。

次にトクトル・カグンが触れたのは、抗法典分子血清の話だった。ハルト人たちがスティギアンの護衛隊員十二万名を惑星ハルトにおびきよせたのも、それが理由だという。護衛隊員を誘いだしたローズバッド・シティに、GOIの特殊部隊が抗法典分子ガスを充満させていた。それで容易に吸引できたおかげで、ようやくかれらの解放が確実になったわけだ。

「むろん、われわれにもある程度リスクはありました」カグンがつづける。「ジュリアン・ティフラーから聞かされていたのです。ハルト人が法典分子を吸いこめば、狂乱状態になる恐れがあると。抗法典分子ガスも原理的には法典分子と親和性があるため、似たような結果を引き起こすかもしれない。そこで、ローズバッド・シティに入ったあと、われわれは身体構造を転換しました。これにより新陳代謝がとまるので、呼吸は必要なくなる。

とはいえ、そうなると完全に無防備です。そちらの集中ビームを受ければ、対消滅《ついしょうめつ》してしまう。われわれにできるのは、法典分子の作用に……つまり、無防備な相手を殺すことを禁じる名誉法典の掟に……身をゆだねることだけでした。あなたがたをそこから解放しようというのに、たいへん矛盾して聞こえるでしょうが。

われわれの読みは当たりました。ところが、抗法典分子ガスが効きだすと、あなたがたも狂乱状態になってしまった。ただ、比較的おだやかでしたよ。ローズバッド・シティの建物はほとんど破壊されたものの、知性体が攻撃されることはなかった」

「じゃ、わたしの脚はどうしてやられたんです?」レニーが興奮ぎみに訊く。

「本当に偶然だったのです」と、ハルト人。「そちらの指揮官がある建物に向けて発射したとき……といっても、もちろんダミーの建物だから無人でしたが……いきなりあなたが飛びだしてきたもので、ビームがかすめてしまった」

「思いだした」レニーの声は弱々しい。「あのとき、腕いっぱいに金塊をかかえた者を見た気がしたんだ。それを奪おうとして……ああ、なんてばかだったんだろう! ここに金塊なんてあるわけないのに。それとも、あるんですか?」

ハルト人は前にもまして大きな声で笑った。三百メートル範囲にいる護衛隊員はみな耳をふさぐ。廃墟の壁がまたふたつ、崩れ落ちた。

「これは失礼！」カグンはそう詫びて、「むろん、金塊などありません。明らかにまだ離脱症状が出ているようだ。あとから考えて思いこみだったとわかることがらは、離脱症状と考えていいでしょう。いずれは消えます。ただ問題は、消えたあとにあなたがたがどうするかということ」

「わたしもそれを考えていました」バス＝テトのハルコンが思いめぐらすようにいう。

かれは無意識にシャント・コンビネーションのベルトの、ふだんミニカムがさがっている場所を探った。〝エスタルトゥ版〟なので、ミニ・ハイパー通信機だが。

「遺憾ながら、サー」と、トクトル・カグン。「スティギアンが貴官に連絡してくるといけないと思い、明らかに通信装置とわかるものは没収させてもらいました。もちろん、いまは法典の縛りから解放されたわけなので、お返しします」

ミニカムをとりだし、アコン人にわたすと、ほかの者たちに向かっていう。

「あなたがたの装置は保管所にあります。もうしばらくしたら、お返ししましょう」

＊

バス＝テトのハルコンは右手に持ったミニカムをもてあそび、その暗い面でずっと明滅している光点を見つめた。だれかがかれとコンタクトをとろうと通信してきて、早く応答しろと必死になっているのだ。

「スティギアンだ」ハルコンはそっけなくいった。「われわれがローズバッド・シティに進入したものと考えて、緊急信号を送ってきているのでしょう」

「あれから標準時でそろそろ二十時間になります」トクトル・カグンが応じた。「応答しないのですか、サー？」

「なにをいえばいいものか。わたしの心はすっかりスティギアンからはなれてしまいましたから」

「われわれも同じです」イルサイとナギーが同時にいい、レニーもうなずく。

「ならば、それを表明すべきでは」カグンの助言だ。

「そのつもりです。ただ、ハルトにいるあいだにそうするのは賢明な判断ではないでしょう。護衛部隊の十二万名が〝投降する〟のを、スティギアンが甘受するとは思えません。もっと多くの宇宙船をハルト上空に集結させるはず。ひょっとしたら自分の面子《メンツ》を守るためだけに、エスタルトゥ諸種族を五十万名も集めて懲罰遠征部隊を送りこんでくるかもしれない。そうなればハルトは荒廃し、永遠に住めない惑星になってしまいます」

「われわれの惑星のことを考えてくださるのは光栄ですが、サー、ご心配にはおよびません」と、カグン。「われわれハルト人はすでにあらゆる可能性について議論を重ねてきました。わたしは全権をあたえられていますから、貴官と配下の全部隊に対して提案します。ここを避難所とするのはいかがですか。そのようなご要望があれば、ただちに応じましょう。ここでなら、あなたがた全員がわれわれの庇護のもとにある」

「しかし、そんなことをしたらスティギアンがあなたがたに宣戦布告するのでは？」ナギー・ボグダンが異議を唱える。

ハルト人はまたもや大きな笑い声をとどろかせた。だが、自分の庇護すべき者たちが顔をしかめたのを見て、急いでやめる。

それから、ひどく真剣な口調でこういった。

「相手がそうした暴挙に出るとは思えません。あらゆる心理分析の結果、スティギアンがこちらの戦闘力をある程度正しく見積もっていることは確実。宣戦布告などすればどうなるか、わかっているはずだ。われわれは全兵力を投入して、かれとその部隊を銀河系から追放するでしょう」

「本当にそれが可能なのですか？」ハルコンの言葉には疑いがにじんでいる。

「まちがいなく」カグンの答えだ。「ただし、われわれの側も損失を覚悟しなくてはならなくなる。だからこそ、こちらから宣戦布告はしません。テラナーならこういうでしょうな……たんに〝こぶしのにおいを嗅《か》がせる〟だけだと。とはいえ、ハルトを侵害するのはけっして許さない。もし、スティギアンが護衛部隊の十二万名と着陸搭載艇を失っても懲《こ》りずにわれわれの惑星に指を伸ばしてくれれば、その指をへし折ってやります」

「すべて覚悟のうえなのですね」ハルコンは感嘆したようにいった。

「スティギアンにとっては苦い薬でしょうよ」イルサイが目をらんらんと光らせて、

「ついに進退きわまったなら、銀河系全種族から嘲笑されるわ。でも、かれがその怒りと挫折感をギャラクティカムにぶつけたりしないかしら?」

「そんなことをすれば、明らかに自分の頸を絞めることになる」と、カグン。「結局のところ、ハルト人はギャラクティカムを脱退したわけですから。われわれの行動とギャラクティカムの行動はまったくべつのものです」

「じつに頭がいい!」ナギーが興奮する。「ジュリアン・ティフラーが考えつきそうなことだ」

「まさにティフラーのアイデアですよ」カグンは認めた。「むろん、いずれスティギアンもそれに気づくとは思うが、証拠はなにひとつないのだから、よけいに苦い薬となるでしょう」

　バス＝テトのハルコンは深く息を吸うと、言葉を発した。

「現状にかんがみ、敬愛する貴殿の述べた論拠を検討した結果、指揮官として以下のことを要請させていただきたい。わが配下にあるかつての護衛隊員十二万名の男女に、ハルトでの避難所を提供してください」

トクトル・カグンは三つの目でハルコンをじっと見つめ、直立不動の姿勢をとると、

「わが全権により、避難所提供のご要望をお受けいたします、サー」と、重々しく応じた。それから頭をさげて片手を伸ばし、感きわまったようにつづける。「貴官のやり方に深い尊敬の念をおぼえました。今後は友としてあなたとお話しすること、われわれの慣習にしたがって〝ハルコノス〟と呼ぶことをお許しいただければ、またとない名誉であります」

巨人の大きな手に自分の手を触れるとき、ハルコンはすこしためらってしまい、思わず目をつぶった。カグンがそっと握ってきただけだとわかると、ほっとしてようやく目を開ける。

「今後は友として話し、ハルコノスと呼んでもらえること、光栄に思う」そういってから、「わたしのほうも同じく友として話しかけ、トクトロスと呼ばせてもらえるなら名誉なこと」

「わたしはあなたの友トクトロスだ、わが友ハルコノス！」ハルト人は歓喜の声をあげた。

「おめでとう！」イルサイが叫び、手で涙をぬぐう。

それに対し、ナギーはただにやりとしただけで……レニーは小声で笑った。

ハルコンは部下の無作法をとがめるように見てから、片目をつぶってみせる。そして、

ミニカムを作動させた。

スクリーンに一ソム人の顔がうつしだされた。

「やっと出たか！」と、ソム人。シオム・ソム銀河出身で高度な知性を持つ鳥の末裔は、スティギアンの法典顧問をつとめている。「もういいかげん潮時だ、指揮官バス＝テトのハルコン。ソトの不興を買いたくなければ、これほど長く音信不通だった理由を納得のいくように説明したほうがいい」

「それよりも重要なことを報告したい」と、アコン人。「ソトにつないでくれ！」

ソム人の映像がぼやけていき、スクリーンにスティギアンのトカゲ顔があらわれた。歯をむきだし、暗く濁った三角形の目でこちらを見る。

「弁明する気ならしてみろ、バス＝テトのハルコン！」脅迫めいた口調だ。

「そちらこそ、理由を弁明してもらおう。なぜ、ウパニシャド学校の善意の生徒たちを法典分子の毒にさらしたのか。かれらは自分たち本来の考えに反する行動をとってしまったのだぞ、スティギアン！」アコン人は冷静にいいかえした。「それとはべつに、わたしは自身とかつての部下たちのために宣言する。戦士崇拝と決別し、あなたの配下から抜けることを」

「できるもんか。それは反乱だ！」スティギアンの背後で進行役クラルシュが叫んだ。

「わが配下から抜けることなど、だれにもできない。法典違反になるから」スティギアン自身もいう。

「ぺてんと愚鈍化にもとづく法典など、われわれはもう評価しない」と、ハルコン。「それは逃亡を意味する」スティギアンは恐ろしいほど冷静に応じた。「つまり、きみたちは法典の恩恵を剝奪されるということ。そうなれば、わたしはきみたちをどこまでも追わせる。だれひとりとして命はない。ただし、きみにも部下の護衛隊員にも二時間の猶予をあたえよう。このあいだによく考え、もう一度法典に忠誠を誓うことだ。その猶予が過ぎたなら、追っ手をさしむける」

「どこへだ？」ハルコンは皮肉めかして応じた。「われわれがいまハルトにいることは知っているはず」

「じきに追いはらわれるさ。きみたちはいまのところ戦時捕虜だが、ハルト人がいつまでもむだ飯を食わせてはおくまい」

「こちらの立場をわかっていないな」と、ハルコン。「われわれ全員、避難所をもとめて……ハルト人に許可された。つまり、かれらの社会に受け入れられたということ。そちらがわれわれの一名でも攻撃しようとしたら、平和を乱す行為と受けとられるぞ」

トクトル・カグンがミニカムに顔をぐっと近づけ、撮影範囲に入るようにしてから、声をとどろかせた。

「友ハルコノスのいうとおりだ。わたしがすべての同胞を代表して証言する」

「なんだと？」ソトがいきり立つ。「どういうことだ？　たしかにハルト人はわが護衛部隊に勝利し、かれらを拘束した。だが、それは通常の戦時捕虜だ。和平を結んだあとは返還するのが筋だろう」

「ハルト人はあなたと戦争をしたつもりはない、ソト」カグンは意に介さない。「われわれ、ハルトに着陸した護衛部隊と実際に戦ったわけでもない。こちらの目的はかれらの洗脳を解くことだった。したがって、かれらは戦時捕虜ではなく自由知性体として、ハルトでの避難所を提供されたわけだ。こちらにはいかなる返還義務もない。ちなみに、ここにとどまるもべつの場所をめざすも、かつての護衛隊員の好きにさせるが」

「謀反だ！　策略だ！」背後でクラルシュの叫び声がした。

「じつに恥ずべき策略だな！」スティギアンも大声を出す。「バス＝テトのハルコンも、かれにゆだねた護衛隊員も、自由意志でわたしのもとを去ることはできない。それを決められるのはわたしだけだ。ゆえに、かれらは今後もわが護衛部隊であり、わたしにしたがう義務を有する……そこで、かれらに命令する。ハルトを去り、護衛艦にふたたび乗りこめ！　聞こえたな、バス＝テトのハルコン？」

「聞こえたとも。その思いあがった要求を拒否する」アコン人の返答だ。「われわれはぺてんによって不当に操作され、あなたにしたがい法典に忠誠を誓うよう仕向けられた。それはすべての知性体が持つ精神的・肉体的に傷つけられないという権利と尊厳を、なにより侵害する行為だ」

「その権利をわれわれハルト人が守る」トクトル・カグンが口をはさんだ。

「越権行為だ！」スティギアンがどなりつける。それからすこしトーンを落として、

「ハルトに護衛艦を送りこむ。それにわが護衛隊員たちを乗せてもらいたい」

「われわれの許可のない艦船が一隻でもハルトの大気圏に突入したなら、いかなる場合でも戦闘行為とみなし、それなりの対応をさせてもらう」

「それなりの対応とは？」スティギアンは怒りに身をふるわせる。

「ためしてみればわかる、ソト」カグンはおちついて答えた。

「ソトを敵にまわすのは、エスタルトゥを敵にまわすも同様だ！　わが護衛艦に着陸許可を出すと明確に表明せよ。さもなくば、ハルト上空を封鎖するぞ」

「さっきの発言にもうひとつ補足しておこう」と、カグン。「そちらの艦隊がハルトの軌道上にいるのは挑発行為だ。したがって、全艦船を標準時間で二十四時間以内にハルタ星系から撤退させるよう要求する」

「笑わせるな！」スティギアンはそう吐き捨て、いきなり接続を切った。

ハルコンはミニカムをオフにしてベルトの定位置にもどすと、心配そうにいった。

「やりすぎでなければいいが、トクトロス。ソト一名がどれほどの決定権を持つのか、わたしにはわからない。いずれにせよ、ソトもまた法典に縛られているわけだが」

るのはたしかだ。ただ、ひとつ気になることがある」


「かれが最大のリスクをおかすことはあるまい。それはたしかだ。ただ、ひとつ気になることがある」

「なんだ？」

「スティギアンはひと言も質問しなかった……きみたちが法典の縛りからどうやって解放されたのか、と」

「ハルトでの抗法典分子ガス作戦について、すでに知っていたからだろう。きみはそう思わないのか？」

「思わない。もし知っていれば、たとえＧＯＩ艦が一隻ローズバッド・シティにあるとわかっていても、きみたちに攻撃を命じることはなかっただろう。だが、いまはそれを知っている……そうでなければ質問していたはず。ただ、どこから知ったのか。ハルト人や護衛隊員から聞いたのでないとなると、可能性はただひとつ。かれの部下が《ブリー》の乗員を捕まえたにちがいない。ＧＯＩ艦が護衛艦を拿捕して運び去るさいに」

「そうだわ、くそいまいましい！」イルサイ・カムソキが思わず口ばしった。「汚い言葉を使ってごめんなさい。あまりに驚いたもので。捕まったとしたら、《ブリー》のＧＯＩメンバーがファアタ・ジェシの手に落ちてウィンダジ・クティシャの特別待遇を受けるんじゃないかと思ったの。つまり拷問されて、悪くすると死んでしまう。わたしたちになにかできることありませんか、カグン？」

「わたしもそれを考えていた。まずはジュリアン・ティフラーに連絡しよう。それから偵察隊を出す」

「偵察船がハルトからスタートするのを、スティギアンが見逃すかな？」レニー・シプゴンが疑わしげに訊いた。

「じゃまはするだろう。むろん、やつのちゃちな封鎖など力ずくで突破しようと思えばできるが、可能なかぎり戦闘行為は避けたい。とはいえ、われわれは銀河じゅうに宇宙船を多数展開しているので、いつでも偵察業務につけられる」

「それができるなら、なぜテルツロックの同胞たちを解放しないんです？」ナギー・ボグダンだ。「自分たちの植民惑星が異人に封鎖されているのは、ハルト人にとり耐えがたい状況なのでは？」

「そんなことはない。封鎖に甘んじるのも長期戦略の一環だから」カグンが答える。

「さて、ようやく医療ロボットがレニーの看護にやってきたようだ。わたしは失礼して、ティフラーに連絡してくる。あと数分もしたら担当要員が到着し、避難所への移送作業をはじめるだろう。そこへ行けば新鮮な食料も手に入る」

「感謝にたえない、トクトロス！」

　バス＝テトのハルコンはそういうと、すこしのあいだ、行方不明の姉に思いを馳せた。

それからGOI艦《ブリー》のことを考える。乗員たちの運命はどうなったのだろう。

かつてのパニシュとして、ハンター旅団が捕虜から情報を引きだす手法については知りすぎるほど知っている。いま頭を悩ませてもあとの祭りだが、こんなことになるとは。いくら法典分子で洗脳されたからといって、なぜ戦士崇拝なんかに身を捧げてしまったのか？

考えたところで、答えは出ない。

5

なにもしないのに監房の扉が開いて、だれも入ってこなかったとき、最初は罠だとクスルザクは思った。

それでも誘惑にあらがうことはできず、このチャンスを利用して監房を出る。通廊に出ると、立ったままあたりのようすをうかがい、聞き耳を立てた。なにも疑わしいものは見えず、聞こえない。

すこしすると、監房の扉がふたたび閉まった。

だれの力も借りずに宇宙船を奪って宇宙要塞を去るのが可能だとは、夢にも思っていない。それは幻想だ。したがって、まずはかくれ場を探すことにした。みずからと《ブリー》の仲間を解放する手立てを思いつくまで、そこにしばらくひそんでいよう。

通廊沿いに走り、途中で行きあたりばったりに曲がって側廊に入る。やがて、すぐ近くでちいさなハム音が聞こえた。立ちどまって、先の割れた舌を伸ばし、宇宙要塞の通常空気にまじって気流に乗りひろがっている分子成分を〝味見〟する。

ほっとした。近くに有機生命体の存在をしめすものはない。要塞を構成するポリマーメタルとその他の物質の分子があるだけだ。

それでもやはり、周囲を見まわしてみる……すると、壁の一部が開いてロボットらしきもの数体が飛翔してきた。天井のすぐ下に散開したのを見て、クスルザクは驚愕した。

だが、ロボットはこちらにまったく反応しない。どうやらただの整備マシンらしい。

そう判断したトプシダーは、かくれ場を見つけたと思った。

チャンスを利用する時間はかぎられている。長く考えることなく、大急ぎでスパートし、壁の開口部からなかへ飛びこんだ。そこは真っ暗な空間だった。

だが、開口部からもれてくる光で、ちいさな部屋にいるとわかった。整備ロボットがさらに三体、置かれている。このマシンを見たことがきっかけで、ここをかくれ場にしようと思いついたのだ。

まさに望んだとおりの展開だった。だれかが追ってくるとしても、まさかロボット置き場を調べることはないだろう。どんなプログラミングを持つかわからないマシンの近くに捕虜が逃げこむなどと、考えつくはずはない。

このクスルザクが高い知性のみならず、大胆不敵な性格を持つことを、ハンター旅団の面々はだれひとり予想していないだろうから……

それが二時間あまり前のことだ。

そしていま、クスルザクは考えをめぐらせていた。いつになったら、ふたたび捕まる恐れもなくかくれ場を出られるだろう。壁の開口部はかれが〝入室した〟あとに閉じたため、周囲は完全な闇のなか。かれは暗い場所に恐怖を感じるのだ。どのトプシダーにも強くのこる、トカゲの祖先から受け継いだ遺伝体質のせいで。

敵はいまごろ自分を探しているだろう。もちろん最初は監房の近くを探しただろうが、これまで見つかっていないのだから要塞内のもっと遠くにかくれたと考え、はなれた場所を捜索しはじめたかもしれない。

相対的に見ると、このロボット置き場も監房近辺だ。そう考えたら、かくれ場を出てすこし周囲のようすをうかがってみてもたいして危険ではあるまい。ひょっとしたら、これほど暗くない格好のかくれ場が見つかるかもしれないし。

出入口のほうへ這い進んでいく。

思ったとおり、扉は触れただけで外側に開いた。クスルザクはそっと頭を出して左右を見ると、ゆっくりと音をたてずに外へ出る。

だれもいない。

ロボット置き場をはなれ、ここまでやってきた通廊を探した。そのためにはもう一度、高感度の嗅覚神経が張りめぐらされた舌を使う。ふだんならこのやり方で自分のからだから放出された分子成分を感知し、数時間前に通った道をなんなく探しだせるのだ。だが、どうやら宇宙要塞では新鮮な空気への入れ替えを頻繁におこなっているらしく、かれの体分子成分はすべて〝洗い流されて〟いる。

完全に方向感覚を失ったと気づくのに時間はかからなかった。卓越した嗅覚を使って探しだせるのは唯一、さっきまでいたロボット置き場だけだ。しかし、またあそこにもぐりこむ気にはなれない。

それまで以上に慎重に進んでいく。いつかは追っ手に捕まることになるだろう。ウィンダジ・クティシャが見込みのない捜索活動を計画するとは思えないから。

しばらく行くと分岐ホールに出た。通廊はそこから八方向に分かれている。どの道を選ぼうかと考えていると、かすかな口笛の音がみじかい間隔で聞こえてきた。

すぐさま壁のくぼみにからだを押しつける。捜索部隊がこのやり方でたがいに意思疎通しているのではないかと思って。

だが数秒後、そうではないらしいとわかった。捜索部隊が通信機を使うことはあっても、口笛はないだろう。それに、ずいぶんメロディアスな音に聞こえた。

壁のくぼみから身をはなし、分岐ホールのまんなかで聞き耳を立てる。なにも聞こえない。そこで、さっきのメロディを口笛でまねしてみた。すると、すぐに〝折りかえし〟同じメロディが聞こえてくる。

その音がどの通廊からくるのか、こんどははっきりわかった。そこへ急ぎ、一分もしないうちに長くのびた道に出る。わずかにカーブしているので、宇宙要塞の周囲をはしる環状通廊だろう。

つまり、この通廊のどこかにエアロック格納庫への出口があると考えられる。格納庫には宇宙船があるはずだ。ファアタ・ジェシの宇宙要塞には、どこも二百隻ほどの艦船が装備されているのだから。

ほどなく、右の通廊壁にハッチがひとつあるのを見つけた。宇宙船のシルエットがエッチングされている。

だが、クスルザクは心臓がひとつ鼓動するわずかな時間、ハッチの前に立ちつくし、考えこんだ。ハッチを開けて宇宙船を奪うべきか？　さっき自分ですでに〝ノー〟と答えていたが、ふたたび否定する。

とはいえ、目的もないままうろついていては、遅かれ早かれ捕まるだろう。そう思うとがっくりだ。

気落ちしたまま、とぼとぼ歩いていく。すると、なにかにつまずいてばったり転んだ。そこではじめて障害物があったことに気づく。

悪態をつきながら起きあがり、なんにつまずいたのか見てみた。通廊の床に、ポジトロン・オルガンらしきものが置かれているではないか……しかも、武骨な感じの宇宙船のエッチングがあるハッチのすぐ前に。下腕ほどの長さで、センサー・ポイントや目盛りが無数についている。

クスルザクは膝をつき、この楽器をしげしげと眺めてつぶやいた。

「おかしなこともあるもんだ！　これは《ブリー》の突撃コマンドだったオクストーン人三名のだれかが持っていたポジトロン・オルガンに似てる。いや、似てるんじゃなく、実際にそうらしい。だが、どうしてここにあるんだろう？」

もしや、あの口笛の出どころはこれか？

かれはそう考え、さっきまねしたメロディをまた吹いてみる。

やはり思ったとおり、オルガンが同じメロディをくりかえした。

「だが、ふつうポジトロン・オルガンはこういう動作をしない」トプシダーはひとりごちた。「もしかしたら、だれかがプログラミングしたのかも」

けっこう重いオルガンを持ちあげると、小脇にかかえて先へ進んでいく。そのかたわら、前に犯罪捜査をしていたときのことを思いだそうとした。あるコンピュータ・マニアのハッカーが、未知の計算脳やポジトロン操作機器に侵入する方法を実際にやってみせたことがある。あれはまさに名人芸だった。

〝かれの〟ハッカーはスヴォーン人で、定収入はないが大金持ちだった。その協力が決定的となり、惑星レプソ国家福祉局の主ポジトロニクスにアクセスできたおかげで、一連の企業犯罪を暴いて資金提供者を逮捕するにいたった。この理由からクスルザクは、かれの起訴を見送ったのである。

半時間ほど頭を悩ませて格闘した結果、ついにポジトロン・オルガンのプログラミングを解明することに成功。これを利用してなにができるかもわかった。かれは計画を練りはじめた……

*

クスルザクがポジトロン・オルガンを使って宇宙要塞内通信の中央制御室がある場所を突きとめたのは、ほぼ一時間後のことだった。

むろん、そのあいだずっと通廊をうろついていたわけではない。あえて自分から見つかるようなことをする気はなかったので、空調・換気シャフトを這い進んでいった。

中央制御室までくると、まずは半透明の操作ユニットをシャフト壁の格子《こうし》ごしにじっくり観察した。幅のせまい書類棚のようなユニットが五つ、室内にびっしりならんでいる。いずれもランプが点滅したり、ぴーという音や話し声が聞こえたりしている。

はめこんであるだけのシャフト格子は、押すとかんたんにはずれた。そうしてできた開口部から、かれは室内に入り、床の上を滑り進んで……

……と思ったのだが、実際は何者かの肩にぶつかり、そのまままろとも床に投げだされたのだった。だれかほかの知性体がいたらしい。

クスルザクが驚いて見つめたところ、その知性体は同族だった。シャント・コンビネーションを着用しているので、ファタ・ジェシの宇宙要塞の要員ということ。

相手のトプシダーは驚くというより、当惑しきっている。GOIのコンビネーションを身につけた同族にまったく思いがけず出くわしたのだから、無理もない。

そのせいか、理にかなった反応ができずにこう訊いてきた。

「きみ……だれ？」

「シンクレア・マーロウト・ケノンだ」クスルザクは答え、シャフトを出たときのまま両手で持ちあげていたポジトロン・オルガンで、相手の頭蓋に一撃をくわえる。

法典忠誠隊員はうめいて、くずおれた。

「悪いね」と、クスルザク。「あんたがぼうっとして、あんなこと訊くからさ！」

相手の頭蓋骨が折れたのではないかと気にする必要はない。トプシダーの頭蓋がかたいのは有名だから。ただ、だからこそ失神状態は長くはつづくまい。拘束してさるぐつわを嚙ませないと。かれは法典忠誠隊員が持っていたテスト用ケーブルと、身につけていたマフラーを使って目的をはたした。

それから制御室の操作ユニットを検分する。自分の目的にうってつけの装置を見つけ、ポジトロン・オルガンを接続した。一連のモニターでいくつか操作したのち、オルガンのスイッチを入れる。

どの画面にも光が明滅しているだけだが……ひとつだけ異なる反応を見せたモニターがあった。

青みがかった薄明かりのなか、ある部屋の映像がうつしだされている。そこに凶悪ハンターの姿が見えたとき、クスルザクは背中の鱗が逆立つのを感じた。

ウィンダジ・クティシャだけではない。その向かい側に何者かがいる。パラディン・ロボットだ。《ブリー》にあらわれたのち、拿捕した護衛艦《カルマーⅢ》にも乗っていた。

全長三・五メートル、肩幅二・五メートルほどもある巨体は、ぼろぼろの赤い戦闘服を脱ぎ捨てていた。ひどく損傷した人工皮膚をいま、ロボット体から剝がそうとしているところだ。

「あらたな人工皮膚が前のと同様に機能するといいが」と、ハンター旅団の指揮官に向かっていう。

「悪いようにはならない」ウィンダジ・クティシャが応じた。「われらがソトは思慮深いかただ。必要とあればあらゆる手段を投じてきみの要求をすべて満たすよう、指示をくだされた」

これを聞いて、クスルザクの目は眼窩から飛びでそうになる。つまり、アトランから派遣されたといって《ブリー》のGOIメンバーの前にあらわれたパラディン・ロボットは、明らかに裏切り者だったのだ。それどころか、シド・アヴァリトが《カルマーⅢ》で疑っていたとおり、スティギアンの秘密兵器かもしれない。

そうなると、エネルプシ航行のあいだに《カルマーⅢ》がコースをそれた事実にもべつの面が見えてくる。予定ではGOIの艦隊テンダーに向かうはずだったのに、ハンター旅団の宇宙要塞に着いたのだから。

おそらく、あのパラディンⅥがなにかしでかしたのだろう。

「そうしてもらえるとありがたい」と、パラディンがウィンダジ・クティシャにいっている。「ただ、ハルト人戦闘服のオリジナルはもう入手できないだろうな」

「ここの製造部門はおおいに努力している」凶悪ハンターがむっつり答えた。

「しかし、ハルト人の構造転換能力と同等の分子構造転換装置を戦闘服に組みこむのはまず不可能だ」と、パラディン。「だからこそ、一刻も早くオリジナルの戦闘服を手に入れないと」

「しかるべき時に入手するとも」ハンター旅団の指揮官は約束した。「銀河系中枢部にある未開の一惑星に、なにかを研究しているらしいハルト人がひとりいるのを、われわれの部隊が探しだした。これまでのところ再三こちらの手を逃れているが、いずれ捕まるだろう」

「まさか、殺したりしないだろうな?」

パラディンの質問にクスルザクは驚きの声をもらし、角質の唇をぱたぱたと打ち合わせた。

ロボットがこうしたセンチメンタルな感情をしめすなど、これまで聞いたことがない。

「あたりまえだ！」と、ウィンダジ・クティシャが答える。「目的は戦闘服だけだから。ただ、ひとつ訊きたい。きみは正真正銘のロボットではなく生体コンポーネントを持つとのことだが、それは純粋な遺伝子操作の産物なのか、あるいは自然発生的な生命形態なのか？」

「その両方で……それを二重にしたものだ」パラディンは説明した。

「その両方で……それを二重にしたもの？」クティシャがおうむ返しして、「まるで謎かけに聞こえる。もっとくわしく説明しろ！」

「それはできない。わが主《あるじ》に禁じられているので。ただ、たのんでみることはできる。わたしが知るかぎりにおいてなら、秘密を洩らすのを許してくれるかも」

「いやいや！」凶悪ハンターはあわてて拒否した。「そんなことでソトをわずらわせたくない。きみの主人はいま、ハルト人の件でたいへんな難題をかかえているのだから」

画面がちらついて、消えた。すると、こんどはべつのスクリーンが明るくなり……グリーンのライトに照らされた円形ホールがうつしだされた。

ホールには淡黄色の素材でできた浴槽のようなものがいくつか、円を描いて置かれている。半透明の浴槽内はぎらつく白さに光っており、そこにだれかが横たわっているのが見えたとき、クルスザクは思わず息をのんだ。

《ブリー》の操縦士だったエプサル人ルーラー・ガントではないか。その向こうには、やはり《ブリー》の火器管制担当だったフェロン人シンダラーと、倉庫主任だったスプリンガーのクニシュもいる。ほかの浴槽三つには、テラナーが寝かされていた。ハンジョ・キッパー、タングル・シェッタ、ナチャン・ベルミルの三名だ。

どの浴槽にも、近くに円錐形のロボットが浮遊し、触手のようなものをくりだしている。一見なにもしていないようだが、浴槽内の捕虜たちに影響をおよぼしているのは明らかだ。全員びっしょり汗をかいて手足を痙攣《けいれん》させ、口をぱくぱく動かしているから。

かれらがなにをされているのかはわからない。それでも、コンピュータ操作のハイテク手段によって仮借なき尋問を受けていることは、さして考えずとも一目瞭然だった。トプシダーはこれ以上見なくてすむよう、ポジトロン・オルガンをとりはずしたかった。だが、内なるなにかに強制されて接続したままにし、画面を凝視しつづける。

すると、浴槽三つのぎらつく光が次々に消えた。なぜなのかわからない。ようやく理由が判明したのは、尋問装置のスイッチがすべて切られ、円錐形ロボットが触手を使って捕虜たちを持ちあげたときだ。三名は医療ロボットの折りたたみ担架に乗せられたが、先に作動停止した浴槽の三名は、黒いプラスティック・シートにくるまれて運びだされていく。

スプリンガーのクニシュ、テラナーのハンジョ・キッパーとナチャン・ベルミル。

かれらはエレクトロン手段による心理尋問に耐えられず、苦痛のなかで死んだのだ。

クスルザクはポジトロン・オルガンを接続部からとりはずし、書類棚に似た操作ユニットに向けて投げつけると、倒れこんでむせび泣いた。

6

スティギアンは怒り心頭に発していた。

ハルト人たちが自分のやり方に反対するかもしれないと予想はしていた。だが、いずれ戦士法典に共鳴し、法典忠誠隊として自分に仕えるものと、最初は期待していたのだ。それでもまさか、自分がハルトに送りこんだ護衛隊員十二万名と本当に戦わないとは夢にも思わなかった。ハルト人は戦うでも降伏するでもなく、イミテーションの一都市に護衛部隊をおびきよせ、その無力化をＧＯＩの課報員にゆだねたのである。

そして、ＧＯＩの課報員は完璧な仕事をした。大量の抗法典分子血清を投入し、護衛部隊を法典の縛りから解放したのだ。

護衛部隊はその後、ハルト人のもとに避難所をもとめ……ハルト人はこれを受け入れた。

だが、それだけではない。ハルト人はこともあろうに、かつて護衛隊員だった者たちの〝精神的・肉体的に傷つけられないという権利と尊厳〟とやらを守ると宣言したのである。おまけに、惑星軌道上に待機するソト艦隊の一隻でもハルトの大気圏に突入しようとすれば、武力をもって阻止すると脅してきた。

さらに恥知らずなことに、全艦隊をハルタ星系から撤退させろと要求したのだ。

はらわたが煮えくりかえる思いだった。

とはいえ、考えなしに行動してはまずい。ソトはエスタルトゥを出て銀河系に向かう前に、あらかじめ銀河系諸種族の歩みを徹底的に調べ、その歴史的意味の変遷について情報を得ている。数千年来、ハルト人が自分たちの真の軍事力をかなり過少申告しているのは、そこらの銀河政治家よりよく知っているつもりだ。

ハルト人ならこのソトと輜重《しちょう》隊に対しても、実際に刃向かってくるかもしれない。だが、それも長くはつづくまい。こちらはいつでもエスタルトゥに増援を要請することができ、ハルト人を打ち負かせるのだから。とはいえ増援を、しかもまるごと一艦隊を送るようもとめたりすれば、エスタルトゥにおけるおのれの評価をさげることになりかねない。だから独自のやり方でハルト人に対処するとしよう。政治的かつ戦略・戦術的トリックをいくつか使って。

スティギアンはそう決意したものの、怒りがおさまったわけではなかった。外見は冷静をよそおっていたが。

「いいかげん、ぎゃふんといわせてやれ。当然の報いだ！」近くでシートの背にもたれていた進行役がけしかける。「それとも面目を失って平気なのか、ソト?」

「考えたのだが、おまえを単独でハルトに送りこむのがいいかもしれんな、クラルシュ」スティギアンはしごくまじめな口調で応じた。「あつかましく頑固で尊大なハルト人の幻想を打ち砕くことができたら、未来永劫つづく名声を得られるぞ。さらに護衛部隊の集結地のどまんなかで反物質爆弾をぶっぱなせば、ミッションは華々しく完了する。さぞ感動的だろう」

クラルシュは驚愕のあまり跳びあがり、はずみで司令室の天井にぶつかった。そこから勢いよく床に墜落し、骨がぽきりと音をたてる。

非難がましくソトをさししめすと、

「あんたはサディストだ、スティギアン。ギャラクティカーのいうとおり、地獄の番犬だよ。遠隔操作で爆弾を投げこむんじゃなく、わたしを十二万名の逃亡兵もろとも吹き飛ばそうと考えるなんて。それでなにを期待してるんだ?」

「おまえが褒美として暗黒空間に行くのを」スティギアンの言葉には明らかに皮肉がこもっている。

クラルシュはソトをかっとにらみつけた。その目には文字どおり炎が燃えている。

「エスタルトゥを冒瀆《ぼうとく》するのか? その無謬《むびゅう》の叡智《えいち》を疑うのか?」と、冷たく訊く。

スティギアンは軽蔑するような笑みを浮かべ、平然と答えた。

「おまえに教訓をあたえようと思っただけだ。二度とわたしを挑発して理性を失うようなことをさせるな。さっさと消えろ。それができないなら、せめておとなしくするんだな。千年前に死んだミイラみたいに！」

「死んだミイラというのはありえない。なぜなら、ミイラはすでに……」その先をクラルシュはつづけられなかった。スティギアンから、熟していないアロウンの実を口もとに投げつけられたから。ものすごく酸っぱい果汁が顔じゅうに飛びちる。

「偉そうな口をきくな！」スティギアンはどなりつけた。

進行役のことは無視して、目の前の制御プレートに固定してある特殊装置に注意を向ける。装置にはハイパー通信機がしこまれていた。その中央に、細胞の集合体が置かれている。

といっても、細胞集合体は非常にちいさいため、ルーペを使わなければ見えない。

「家臣、応答せよ」ソトはささやいた。

三十秒ほどして、細胞集合体をつつみこんだ薄膜が銀色に光りはじめる。

「報告しろ、家臣！」ソトがうながした。

「報告します、ご主人」ヴォコーダーを通じて声が聞こえる。「《ブリー》乗員のうち三十名はいまもフェレシュ・トヴァアル七〇三にいます。ですが、それ以外の者は前に報告したとおり、なにも陳述していません」

　スティギアンはいらだつ思いをこらえた。

　ヴォマゲルがすでに報告した内容は、ＧＯＩがハルトで護衛隊員十二万名に抗法典分子ガスを投与したという情報とも符合する。

　だが、こちらが知りたいのはそれ以外のことなのだ。

「捕虜と話をしろ。ただし、おまえが敵側にいることは気づかれないように！」と、命じた。「ウィンダジ・クティシャの定評ある方法でもＧＯＩの実態を探りだせないとしたら、おそらくかれらはエレクトロン手段による心理尋問に対する深層ブロックをほどこされているのだ」

「エレクトロン手段による心理尋問？」細胞集合体はうろたえてくりかえし、「しかし、わが兄がいうには、捕虜たちが強制的な尋問を受けることはないそうですが。話し合いによって納得させるという話でした」

　スティギアンは反論しようとしたものの、ヴォマゲルとその弟がことのほか感じやすいたちだということに思いいたり、

「ヒゴラシュがそういうなら、そうなのだろう」と、応じる。「だが、かれがＧＯＩメンバーのもとに送られてかれらの信頼を勝ち得たのは、なんのためだ？　それによって生じたチャンスを徹底的に生かさなければならぬ。ＧＯＩメンバーと一対一なら話もしやすいはず。とにかく、クラーク・フリッパー基地の座標を手に入れたい。不誠実で矯

正不能な者たちをすみやかに一掃するのだ」

「わが兄はできるかぎりのことをしています」細胞集合体が報告した。

「ごくろう、家臣！」と、スティギアン。〝家臣〟という語はフェレシュ・トヴァアル七〇三にいるヴォマゲルと、その弟……《ゴムの星》にいる細胞集合体を合わせた存在を意味する。

スティギアンが指をぱちんと鳴らすと、細胞集合体をつつんでいる薄膜から銀色の光が徐々に消えていき、集合体の脈動もとまった。

そのようすを見守ったのち、こんどは全周スクリーンに注意を向けた。細めた目で、人口わずかな惑星ハルトの地表の起伏をしばらく観察してから、

「クラルシュ！」と、鋭い声で呼ぶ。

「ここだ、ソト！」進行役が応じた。天井からぶらさがる透明フォーム・エネルギー製の不可視のザイルにつかまっていたが、からだを揺すって主人の右肩におりてくる。

「《ゴヴィナアル》の船長に連絡して、こう伝えろ」ソトは命じた。《ゴヴィナアル》はハルト周回軌道に待機中の艦隊に所属するエルファード船、四隻のうちの一隻だ。

「現ポジションをはなれてハルトの大気圏に突入し、裏切り者の集結地にコースをとれ！　ただし攻撃はせず、周辺に着陸すること。外側スピーカーを使って護衛部隊に呼びかけ、船に乗りこませるのだ！」

「承知した、わがソト！」クラルシュは熱心に応じる。「ただ、エルファード船一隻に十二万名の護衛隊員を収容するのは無理だと思うが」

「わたしがおまえの立場ならそこまで考えない。無用な心配だ。黙って命令にしたがえ！」と、ソトがきびしく叱責。

「了解、わがソト！」クラルシュはエネルギー製ザイルで勢いをつけ、ハイパー通信装置がならぶ場所に着地した。

スティギアンのほうは自席の前を半円形にかこむ一連のスクリーンのひとつに、特定地点の探知映像を表示させる。

まずは惑星ハルトの拡大映像をうつしだし、大陸や海の位置をしっかり観察した。次に、エルファード船四隻のフォーメーションを確認。四隻は《ゴムの星》にしたがってハルトの周回軌道にいるものの、ここからはかなりの距離がある。

しばらくして、直径二十メートルの球体十個からなるエルファード船の先頭の一隻が右舷方向へ離脱。船首エンジンで制動をかけたため、全体はハルト方向に急降下していくように見える。

「注意、探知あり！」数秒後、ロボット音声が入った。「ハルトの地表、異なる二十一カ所から黒い球型船の部隊がスタートしました。いずれも三隻でひと組、各船のサイズは直径百二十メートル。扁平な下極を持ち、明らかにハルトの建造様式です。すべての部隊は高度三十キロメートル地点にとどまり、それぞれ重なり合って惑星をとりまいています」

「偵察隊だな」ソトはなんの感情もまじえずにいった。

「《ゴヴィナアル》はいずれかの部隊の砲口の目前を飛ぶことになるぞ！」クラルシュがわめいた。スティギアンのシートのそばにもどり、背もたれにうずくまる。

「あれはエルファード人の船だ」スティギアンは〝エルファード人〟という語を強調した。「護衛部隊の船なら相手も攻撃するかもしれないが、エルファード船を撃つことはない。ただ、通信での呼びかけはあるだろう」

「それでも、もし攻撃してくるようならハルトを殲滅しないと！」

「黙っていろ！」ソトは進行役に命令したあと、探知センターにインターカムをつないだ。「《ゴヴィナアル》をうつしだせ」

ふたたび大スクリーンに十球体船の映像がうつる。すでに惑星大気圏の最上層にいた。インパルス・エンジンを逆噴射モードにし、四十五度の角度で惑星の空気層にもぐるところだ。

「注意！　ハルト人偵察隊の指揮船から平文通信で呼びかけを受けました」と、ロボット音声。「エルファード船に減速・停止をもとめています。捕獲コマンドを送りこむとのこと。猶予は十秒間です」

スティギアンは目を三角形のスリットさながらに細め、スクリーンを見つめた。ハルト船三隻からなる部隊のひとつが、それまでいた軌道平面からはなれてエルファード船に近づいていく。

「《ゴムの星》の砲火を開け！」クラルシュが叫んだ。「われわれの兵装ならハルト人は対抗できまい」

「それでは宣戦布告になってしまう」ソトは拒否した。

「だったら、せめてエルファード船に攻撃命令を出すんだ！」進行役が憤慨する。

「そう伝えろ！」と、ソト。

「十秒経過」このとき、ロボット音声が知らせてきた。

スティギアンは《ゴヴィナアル》の探知映像を食い入るように見た。十球体船はそのままコースを維持している。すでにインパルス・エンジンを切り、重力エンジンのみで惑星地表をめざしている。

ただし、いまは防御バリアを展開していた。

「先頭の三球体の反物質爆弾を起爆し、ハルトに向けて発射させせよ！」ソトがクラルシュに叫んだ。進行役は《ゴヴィナアル》船長にハイパー通信をつなぐ。「その後、回頭しろといえ！」

クラルシュはソトの最初の命令を伝えたのち、ふたつめの命令を言葉にしようと口を開いた。

その瞬間、エルファード船の防御バリアがふくれあがったと思うと、明滅して崩壊した。あっという間に塵《ちり》とガスの雲に変わる。

ハルト船三隻の攻撃によるものだった。三隻はひろい扇形で飛んでいたが、やがてまた密なフォーメーションをつくり、高度三十キロメートルの周回軌道にもどっていく。

クラルシュがからだを揺すってソトに近づき、怒りにゆがんだ顔で探知スクリーンを凝視した。

「これはあんまりだ、ソト！」と、頭のてっぺんから甲高《かんだか》い声を出す。「目にもの見せてやらないと！」

「そうするとも」スティギアンは感情をこめずに応じた。「だが、タイミングを見はからってな。それまでハルト人はせいぜい悪戦苦闘すればいい。こちらはとりあえず、なにごともなかったようにふるまうのだ。十時間後にはハルタ星系から撤退する」

7

太陽系から七万一千光年あまりはなれた銀河イーストサイドに、スペクトル型K２の恒星をめぐる一惑星があった。大気はなく、水星に似ている。

銀河系の宇宙航行種族が使う星図カタログに恒星と惑星の座標は記載されているものの、名前はない。政治的にまったく無意味だから不要だと、だれかが星図カタログの編集者に助言したのだろう。

いまNGZ四四六年の五月十一日になっても、その状態に変化はなかった。これまでにこの星系が非常に重要性を増したということもないから。とはいえ、この星系の意味は表向きは知られていない……また、それを知る者たちのあいだにも緘口令《かんこうれい》が敷かれている。

なぜなら、荒涼としたこの惑星はNGZ四三二年から有機的独立グループ……略称GOIの拠点となり、それなりの軍事設備もそなえているからだ。GOIメンバーはここをベースと呼んだり司令本部と呼んだり、あるいは巣と呼んだりする。正式な符丁名は

〝クラーク・フリッパー基地〟である。

ジュリアン・ティフラーが考えていたのはソト＝ティグ・イアンのことだ。スティギアンはあらゆる手段を投入してクラーク・フリッパー基地の座標を知ろうとしている。基地の存在もその重要性もすでに判明し、あとはポジションを突きとめるだけなのだ。とはいえ、これまでのところまったく予測もできていないはず。スティギアンの側近中の側近でハンター旅団をひきいる凶悪ハンターが、これまでに何度かGOIメンバーを拉致《らち》して残忍なやり方で尋問したにもかかわらず、目的は達成されていない。メンバーたちはいずれも、どれほど巧妙な手段を使われても秘密を洩らさない能力の持ち主か、あるいは任務遂行の前に、基地の座標およびそのヒントになるようなことを記憶からブロックする処置を受けるので。

ティフラーは表情をくもらせた。いまこの瞬間も、三十二名のGOIメンバーが凶悪ハンターの手の内にある。けさ、リレー経由でハルトから報告がとどいたばかりだ。GOI所属の球型艦《ブリー》からずいぶん連絡がないと思っていたところ、帰還の途中で攻撃され、ハンター旅団の宇宙要塞に連れていかれたという。GOI艦はスティギアンの護衛隊員十二万名に抗法典分子ガスを浴びせて〝武装解除〟したのち、ほぼ無人となった護衛艦一隻を拿捕したのだが。

そんなことではないかと案じていた。《ブリー》はとっくに銀河系中枢セクターのテンダーのもとへ帰還しているはずなのに、そうなっていないから。

つらいことだが、ハルトからの報告は《ブリー》が凶悪ハンターに捕まったと確信させるものだった。両パラテンサーのエルサンド・グレルとシド・アヴァリトもふくめて、乗員たちはひどい拷問を受けることになるだろう。

なんとしても、かれらを救いださねば。救いだすとも！

とはいえ、そう言葉にしても実際にやってのけられるわけではない……

そのときエア・リフトがとまり、ティフラーは気をとりなおした。同じ用途の反重力シャフトは、保安上の理由から使っていない。このところファタ・ジェシの活動がさかんになってきたためだ。表示フィールドを見ると、リフトキャビンは出発シャフトSW-K3につづく前室に停止していた。

この出発シャフトSW-K3で、コグ船タイプの楔型艦《くさび》《フールン提督》が特務にそなえて待機している。

リフトキャビンが開くと、ティフラーは外へ出た。ニア・セレグリスが迎える。

ふと、五日前のことを思いだした。ニアと会うのはそのとき以来だ。五日前、つまりNGZ四四六年五月七日、ティフラーとニアはマゼランからもどってきたのだった。ドモ・ソクラト、ベンク・モンズ、パラテンサーのティルゾとともに、スプリンガーのキャプテン・アハブ……じつはかつてのソト、タル・ケルで、タフンでの治療後に力をある程度とりもどしている……がひきいる《オスファーＩ》に乗りこんで。ティフラーとニアとティルゾはここで降りたが、ソクラトとモンズはそのまま船にのこり、キャプテン・アハブといっしょに銀河系中枢部のとりきめたポジションへと向かった。積み荷のパラ露十五トンを〝ビッグ・ブラザー〟の伝令船に引きわたすためだ。

「もしわたしがビッグ・ブラザーその人に直接パラ露を手わたすといったら、どうする?」キャプテン・アハブは挑発的にそう訊いたもの。

ティフラーはただ、にやりとしただけだった。ビッグ・ブラザーの正体は知っているし、パラ露十五トンを引き合いに出されても強要されたりはしない。それに、キャプテン・アハブすなわちストーカーの〝脅し〟が本気でないこともわかっていた……不倶戴《ふぐたい》天《てん》の仇であるスティギアンを痛めつけるためなら、よろこんで跳びつくだろうが、パラ露十五トンの目的はほかにある。

「あなた笑ってるのね、ティフ」ニアが眉をあげてみせた。「もう心配ごとはなくなったの?」

ティフラーは嘆息して、

「そうならいいんだがね、ニア。ちょっと思い出し笑いしただけだ。残念ながら、心配ごとは相いかわらず山ほどある。ファアタ・ジェシの宇宙要塞もすべてのポジションが判明したわけではないし。銀河系じゅうに散らばっているらしいのだが」

「《ブリー》の乗員がいるのはハルタ宙域にある要塞だと思うわ。船が帰還するはずのテンダーがそこにあるのだから」と、ニア。「一隻だけじゃなく数百隻を投入してかれらを捜索したいのはやまやまだけど、近ごろはハンター旅団が精力的に動いてGOIの基地を突きとめようとしている。こちらは敵のパトロール隊を惑わすために、すべての兵力を動員せざるをえない状況なの」

「わかっているよ」ティフラーは恋人の手をとった。「だが、たとえ数百隻を展開したところで意味はない。ハルタ星系のある銀河系中枢部はスティギアンが封鎖を宣言した宙域だから、とりわけきびしく監視されているだろう。一隻のほうがまだ監視の目をうまく逃れられるさ。それに、ティルゾもついてるしな。かれがディアパスの能力を発揮してスティギアン・ネットを探り、ハルタ星系にもっとも近い宇宙要塞を発見できたなら、それがまたとないチャンスになるだろう」

「わたしもいっしょに行ければいいんだけど」

「きみはここを守ってくれ、ダーリン」ティフラーはニアの顔を両手ではさみ、唇に口づけした。

そのキスに彼女も情熱的にこたえる。やがてティフラーは恋人とはなれ、出発シャフトのエアロックに向かった。

「気をつけてね、ティフ！」ニアが呼びかける。

「きみも！」かれはそう応じ、投げキスをすると、開いたエアロック・ハッチに足を踏み入れた。

三十秒後、ティフラーは出発シャフト内で直立するコグ船を見あげていた。オービターのかつての楔型船は、これまでに四度の換装をへて戦闘艦《フールン提督》になっている。

最後の換装は、不格好な箱形のストリクター・コンテナが増築されたときのこと。本来のストリクターは外部妨害作用からの保護目的で、こうしたさいころ形コンテナに格納されている。作動すると、その放射がスティギアン・ネットのエネルギーと干渉を起こす。その結果、干渉部分に近いところにあるネットが消滅し、そこを通過中のものはすべて通常空間にほうりだされるのだ。

潜在的ディアパスのブルー族ティルゾがスティギアン・ネット内の宇宙船の流れを突きとめ、通常空間にある特定の一ポジションとの行き来を発見できたら、そこに《ブリー》乗員が拉致された宇宙要塞が高確率で存在するということ。

むろん、要塞およびそこに駐留する戦闘艦二百隻に対して《フールン提督》だけでは歯が立たないだろう。だが外にはハルト人の部隊がいて、ディアパスがいないから見込み薄ではあるものの、やはり宇宙要塞を探している。とりきめた合図をこちらが送れば、ただちに援護してくれることになっている。

ただし、これらはすべて見はてぬ夢だ。なにひとつ現実になっていない。捜索範囲が星々の密集域であることは、経験豊富なティフラーがだれよりもよく知っている。いま《フールン提督》の人員用エアロック前にいるブルー族の千倍も。

ティルゾがこちらを見てうれしそうに手を振る。ティフラーは無理やり自信ありげな笑みを浮かべ、手を振りかえすと、大股でティルゾに近づいていった……

8

われに返ったクスルザクは驚いた。話し声が聞こえるではないか。トプシダーのアクセントがあるインターコスモだ！ さっき無力化して縛り、さるぐつわを嚙ませたトプシダーにちがいない！

思わず起きあがり、周囲を見わたす。

やはり、あの法典忠誠隊員だ。インターカムを作動させてその前に横たわり、クスルザクのことを報告している。いまも手足は縛られたままだが、どうにかしてさるぐつわをはずし、インターカムまで這っていったらしい。

「われわれが行くまで、そいつの行動を封じておけるか？」一プテルスが法典忠誠隊員に訊いている。インターカム・スクリーンにうつる〝むきだしの〟トカゲ顔が、クスルザクの位置から見えた。だが、こちらの姿を向こうに見られることはない。カメラの撮影範囲外にいるのは確実だから。

「遺憾ながら、無理です」トプシダーが答えた。「わたしはほとんど身動きとれないので。でも、相手も意識がありません。捕虜三名が拷問死するようすを目撃し、ショックで失神したのでしょう」

クスルザクはあわててまた床に寝る。

あぶなかった。法典忠誠隊の同族が懸命にからだをひねり、こちらを見たから。

「ええ、たしかに気を失っています」と、自分の発言を裏づけする。

「よし。五分したらわたしとケダランがそっちへ行く」プテルスはいい、インターカムを切った。

一刻もむだにできないと、クスルザクは思った。また捕まるのだけはごめんだ。ウィンダジ・クティシャはこんどこそ容赦しないだろう。自分も同じく拷問されると思うと、このうえなく恐ろしい。なにをされるのか、一部始終を目撃したのだから。

急いで立ちあがる。はずれたさるぐつわを途中で見つけ、法典忠誠隊のトプシダーに駆けよった。あおむけにして馬乗りになり、さるぐつわを嚙ませる。相手はひどく抵抗したが、こんどはかなりきつく嚙ませたので、道具がないとはずせまい。

そのあと、インターカムからはなれた場所まで引きずっていった。これでプテルス二名が到着する前に連絡することはできなくなる。

クスルザクはポジトロン・オルガンをひろいあげ、小脇にかかえると、宇宙要塞内通信の中央制御室から飛びだした。

外に出て、必死にあたりを見まわす。プテルス二名がどっちの方向からくるのか見当もつかないが、じっくり考えているひまはない。五分の猶予はすでに半分ほど過ぎている。

右へ行くと決め、通廊沿いに走った。環状分岐ホールにくると、こんども本能にしたがい、六本あるうちの一本を選んで進む。

そのとき突然、壁のどこかに設置されたスピーカーがかちりと音をたてた。プテルスの声が聞こえてくる。

「とまれ、クスルザク！　きみは発見された。それ以上走ってもむだだ。ウィンダジ・クティシャが話をしたいといっている。あまり待たせないほうが身のためだぞ」

法典忠誠隊に見つかったというのは事実にちがいない。おそらく、こちらが行きそうな区域に狙いをつけ、遠隔操作の監視装置を作動させるだけですんだのだろう。

それでもクスルザクはとてもあきらめる気になれなかった。尋問に対する恐怖があまりに強かったのだ。

壁にアルコーヴがある。かれはそこに、一見〝壊れている〟ポジトロン・オルガンを置き、まるでずっとそこにあったかのように見せかけた……なぜそんなことをしたのか、自分でもわからなかったが。それから、ますます速度をあげて突っ走る。

遠くで声がかわされ、笛に似たみじかい音が聞こえた。追っ手が飛翔装置をスタートさせたのだ。もはやこれまでか。捨て身の勇気も消えていく。

そのとき、左方のハッチが音もなく開いた。クスルザクは全裸の一ハルト人にいきなりつかまれ、あやうく倒れそうになりながら、開いた場所に引っ張りこまれる。すぐにハッチがふたたび閉まった。

トプシダーは抵抗しない。シャンだかパニシュだか知らないが、ハルト人が相手では勝ち目はまったくないから。しかし……そこで思いいたった。ハルト人のシャンやパニシュは存在しないのだ。ハルトのウパニシャド学校に足を踏み入れたハルト人は皆無《かいむ》なのである……はげしい衝動洗濯で校内をめちゃくちゃにした三名はべつとして。

気がつくと、裸のハルト人はクスルザクを引きずったまま、無数の分岐をすでに通過していた。作業アームでトプシダーをなんなくかかえ、最後にはある小部屋へ行きつく。正方形の床はインケニット製で、薄むらさきに光る細い柱が照明になっており、コンピュータ端末が一台あるほかはなんの調度もない部屋だ。

部屋の扉が閉まると、巨人はトプシダーをそっと床におろし、声をとどろかせた……クスルザクがよく知っている声を。

「ここなら安全だ、GOIの者よ。わたしは外見がハルト人なので、理屈からいくとハルト人パニシュだと思うだろうが、そうではない。ハルト人の人工皮膚を持つパラディン型ロボットだ」

「パラディンⅥ！」クスルザクは口ばしる。

思わずあとずさったので、背中が壁にぶつかった。とにかく、クスルザクはなかば生体であるこのロボットがスティギアンの被造物であるという事実を見聞きしたのだ。ただ、パラディンⅥはもちろんそのことを知らない。だから、こちらがかれを味方だと思うと確信しているだろう。

「どうした？」と、パラディンⅥ。「わたしを恐がることはない！　きみは《ブリー》の乗員だな。拿捕された護衛艦のなかで見かけたことがある。名前は？」

「クスルザク」トプシダーはふるえながら答えたが、ふと気づいた。自分はこのパラディンの弱点を握っている。それを利用してこちら側に寝返らせることができたら、せめて仮借なき尋問からは逃れられるかもしれない。「だけどきみはわたしの味方じゃなく、凶悪ハンターの仲間だろう。やつは《ブリー》乗員の大勢を拷問にかけさせた。わたしに対してもそうする気でいる」

「なんだって？　ウィンダジ・クティシャがGOIメンバーを拷問にかけた？　それはなにかのまちがいだ。かれがエルサンド・グレルやシド・アヴァリトと対談する場面をわたしも近くで見聞きしたが、話し合いで説得しようとしていた」

そこでパラディンⅥははっとなった。いまの発言で、自分が戦士崇拝の側に属することを認めたようなものだから。その印象を弱めるため、こうつけくわえる。

「とはいえ、凶悪ハンターやスティギアンの仲間だからそれを知っているわけじゃない。法典忠誠隊はわたしのことをまったく中立な立場のロボットで、自分たちの味方にできると考えているのだ。というわけで、わたしにはなんでも話してくれてかまわない、クスルザク」

「いやだ！」トプシダーはいきりたった。「嘘をつくな、パラディン！　わたしは目撃したんだ、きみがスティギアンとの共同作業についてウィンダジ・クティシャと話しているのを。その黒い人工皮膚は宇宙要塞の工場で製造されたものだし、きみのソトは凶悪ハンターにきびしく指示していた……必要とあればあらゆる手段を使ってきみの要求を満たすようにと」

「いや、それは……」パラディンがいいかけるが、クスルザクはさえぎって、

「すでに凶悪ハンターの部隊がある未開惑星で一ハルト人を見つけだし、その戦闘服を奪おうとしているのだよな？　センチメンタルな生体コンポーネントを持つロボットのきみを、ふたたびハルト人に偽装してスティギアンの秘密兵器にするために。きみの生体コンポーネントは、純粋な遺伝子操作の産物と自然発生的な生命形態の〝両方で……それを二重にしたもの〟でもある。なんのことだか、さっぱりだが！　ここまでいえば、わたしがきみとウィンダジ・クティシャの会話を盗み聞きしたのだとわかっただろう、裏切り者？」

あとから考えると、スティギアンの被造物に〝面と向かって〟ずいぶん大胆な発言をしたものだ。だが、このときトプシダーにパラディンを恐れる気持ちはまったくなかった。

「よくわかった」パラディンはあきらめたような口調でいった。「ただ、それでも不安に思う必要はない、クスルザク。ウィンダジ・クティシャが拷問を指示したりすることはないから。かれは話し合いで捕虜を説得しようとつとめている」

「わたしはこの目で見たんだぞ!」クスルザクの声がふるえる。「わが母の舌に誓ってもいい。これはトプシダーが絶対に事実だと主張するときに用いる神聖な誓いだ。尋問室でのようすを観察するのに使った道具がまだ作動するなら、証明だってできる」

この主張を聞いても、パラディン型ロボットは衝撃を受けたように見えなかった。ほぼ一分間、動かないまま立ちつくす。やがて口を開いたとき、その声はひどくしわがれ、沈んで聞こえた。

「その証明を見せてもらえないだろうか、クスルザク。きみのいう道具はどこで見つかる?」

「ひとりで見つけるのはまず無理だ。わたしが案内しないと」クスルザクはあらたな希望が芽生えたのを感じてほっとした。「ただ、法典忠誠隊に見つかるとまずい……」

「心配いらない。空《から》の荷物入れがある」と、パラディン。「ハルト人用につくられたものだから、きみがなかに入っても大丈夫。それをわたしが背中にかついで、ふたりいっしょに行こう。いいかな、クスルザク？」

「いいとも！」トプシダーは答えた。

しばらくのち、クスルザクはからだを文字どおり折りたたむようにして、荷物入れに押しこまれた。ものすごくせまい。

「息をぜんぶ吐ききったら蓋が閉まると思うんだが」と、パラディン。

「やってみるよ」クスルザクは答えた。どうか呼吸できますように！　そう祈りながら肺から空気を押しだすと、耳もとで血の流れる音がどくどく聞こえた。

「ところで、わたしの名前はヒゴラシュだ」パラディンがいって、荷物入れの蓋を閉める。クスルザクは思った。これで二分もすれば、窒息してしまうだろう。

＊

しだいに意識が朦朧《もうろう》としてきたとき、ばりばりという音が聞こえて……同時に、新鮮な空気が顔をなでたのがわかった。

「バイブレーション・ナイフだ」ヒゴラシュの〝ささやき声〟がする。「そろそろ息ができなくなるころだと気づいてな。踵《かかと》のところにナイフを入れていたのを思いだした」

「助かったよ！」クスルザクはあえいだ。

「それに、きみの助けがないと道具を見つけられない」ヒゴラシュがつづけて、「いま、わたしがきみを捕まえたハッチのところにいる。この先のどこかになくした道具があるはず」

「なくしたんじゃなく、かくしたんだ」クスルザクは訂正し、深々と息を吸った。

「同じことだろう」ヒゴラシュのコメントだ。

ふたたび、ばりばりと音がして、パラディンの〝ささやき声〟が聞こえた。

「これで荷物入れの上方、左右に隙間ができた。空気も入ってくるし、がんばれば周囲のようすをそこからのぞき見ることもできる」

トプシダーは頸がねじ曲がるかと思ったが、どうにか外をのぞくことができた。通廊壁の下方が見える。さっき置いた場所にポジトロン・オルガンがまだあるなら、いずれ目に入るはず。

「先へ進んでいいぞ、ヒゴラシュ！」そういったクスルザクは、驚いた。どうやら自分は生体コンポーネントを持つこのパラディンを信頼しているらしい。

ハッチが軽いハム音とともに開き、ふたたび閉まった。ヒゴラシュがまさにほんもののハルト人の走行速度で進んでいくので、トプシダーは外をうかがうのに、荷物入れに押しこまれた頭蓋を右に左に何度もまわすはめになる。

たちまち目がまわり、いまにも頭が落ちてしまうんじゃないかと不安になった。

数秒後、壁のアルコーヴを発見。ぼんやりとしか見えないが、そこに置かれている物体はポジトロン・オルガンにまちがいない。

「ここだ！」クスルザクは声をあげる。ところがそのとき、自分とパラディン以外にだれかいるのに気づいた。自分たちとアルコーヴのあいだにプテルス二名が立っている。

「いまなんといった、ハルト人？」一プテルスがパラディンに問いただした。

「〝ここだ〟と」ヒゴラシュはできるだけクスルザクと同じ口調でくりかえし、ポジトロン・オルガンをさしめす。「あそこにあるもののこと。わたしはあれを探していたのでね、ケダラン指揮官」

ケダラン！

自分を追っているプテルスの一名だと、クスルザクは思った。かれはこちらの姿だけでなく、しばらく脇にかかえていた道具のこともモニター・スクリーンで確認したにちがいない。だとすると、ヒゴラシュの嘘を見ぬいたのではないか？

「きみが探していただと？」やはり、ケダランの口調は疑り深い。

「そのとおり」ヒゴラシュは意に介さず、「あれは逃亡したGOIメンバーがほうりだした道具なのだ。いかなる目的を持つものか、調べて突きとめたい」

「ああ、なるほど！　たしかに、これはクスルザクという名のトプシダーが置いていったものだな。もしや、トプシダーを見かけなかったか？」

「見なかった」ヒゴラシュは答えてから、「つまり、まだ逃亡者は捕まっていないということだな？　わたしがこんどソトに状況報告する時点までに、事態が変わるといいが。さもないときみたち、ソトの不興を買うことになるぞ」

「われわれ、すでに相手を追いつめている」ケダランはそういうと、ポジトロン・オルガンをとってきて〝ハルト人〟に手わたす。

「どうも！」と、ヒゴラシュ。

プテルス二名は飛翔装置を作動させて先へ進んでいく。かたやヒゴラシュは方向転換し、クスルザクを引っさらったハッチに向かってどしどし歩いた。

自分の宿所にもどると、パラディンはトプシダーを〝不安の種〟だった箱から解放し、さっき請け合った証拠を見せろと迫る。

「この道具が観察結果をちゃんと記録できているかどうか、わからないのだが」と、クスルザクは考えこんだ。「もし記録できていなければ、こいつを操作して要塞内観察システムに忍びこむしかないな。またもや残虐な場面を目撃することになるかも」

「そうなったら、迷わずやるのだ！」ヒゴラシュが大声を出した。

その声にはふたたび猜疑心《さいぎ》のようなものがまじっている。クスルザクは思った。もし証拠を見せられなかったら、この謎だらけの生物はわたしのいうことを二度と信じないだろう。

かれは数分かけて無理に気持ちをおちつかせた。不安だらけではあったが、順序だてて一歩ずつ作業を進めていく。そしてついに、ポジトロン・オルガンに記録ずみの全データを呼びだすコードを探しだした。

残忍な行為の数々をふたたび目にすることになり、トプシダーは角質の唇をかたく結んだ。

ヒゴラシュのほうには動きがない。記録場面の再生がすべて終わってようやく、怒りにゆがんだ声をとどろかせた。

「スティギアンとウィンダジ・クティシャは化け物だ！　わたしはかれらと縁を切り、捕虜となったGOIメンバーの救出に全力をつくすぞ。だが、まずはエルサンド・グレルのようすを知りたい。本来なら彼女が宇宙要塞七〇三内にいるあいだ、その存在を感じとれるはずなのに、ここには感情振動をブロックする壁や天井が非常に多くあるため、近くにいても気づけないのだ。クスルザク、彼女に会わせてくれ。どうなったか知りたい！」

「なぜ？　彼女のなにがそんなに特別なんだ？」

「わたしにとり、運命の人なのだ」

「やってはみるが、時間がかかるぞ」と、クスルザク。「ここは要塞内通信の中央制御室じゃないから、インターカム接続を一カ所ずつためしてまわるしかない。数千ある接続個所を、ひとつずつだ」

「すぐにはじめろ！」ヒゴラシュが大音声を響かせたので、トプシダーは仰天した。しばしのあいだ、また相手のことが恐くなる。

それでも大声のショックからたちなおると、理解できた……この生物はエルサンド・グレルと感情的な絆を結んだにちがいないと。そこで、仕事にとりかかる。

一時間半かかって、ついに成功した。

端末のスクリーンを見て、二名はおののいた。エルサンド・グレルとシド・アヴァリトが拘束されている牢獄がうつっている。

最初にわかったのは、せまく殺風景《さっぷうけい》な牢獄のなかが非常に高温であることだ。アンティふたりはびっしょり汗をかき、床に横たわったまま荒い呼吸をしている。

次に気づいたのは、ふたりのこめかみに黒っぽい痕がついていること。尋問装置によるものとしか考えられない。電極を装着して電気を流すのだ。

ヒゴラシュの開いた口から名状しがたい恐ろしい声がほとばしった。数秒して、「やつら……やつら、彼女を拷問にかけた！」と、言葉をつかえさせる。「凶悪ハンターはわたしをだました。ひと芝居打ったのだ。宇宙要塞ごと破壊して、ウィンダジ・クティシャなど踏みつぶしてやる！」

「きみの頭はテラナー並みか！」クスルザクは叫んだ。これはトプシダー種族が相手を罵倒するさいに使う古い慣用句で、テラにも同じような言葉がある……〝おまえの頭はトカゲ並みか〟というものだが。

ヒゴラシュに対する恐怖もいっぺんに吹き飛び、かれはこうつづけた。

「つまり、きみはばかだといいたかった。たとえパラディンといえども、フェレシュ・トヴァアル全体を敵にまわして勝てるわけがない。数千名のシャンにパニシュ、ロボットやその他の武器が相手なんだぞ。そんなことすれば、きみ自身も捕虜のGOIメンバーも確実におしまいだ……エルサンド・グレルもふくめて」

女アンティの名前を聞いて、ヒゴラシュのやり場のない怒りはたちまち消えたようだ。

「そうだな」と、力なくいう。「そのとおりだ、トプシダー。どうすればいい？」

「エルサンド・グレルとシド・アヴァリトにコンタクトをとり、陰謀をめぐらすよう説得するんだ」クスルザクは熱心に説明した。「そこで自分たちがパラテンサーであることを白状してもらう。そうすれば、捕虜のなかでかれら以外に重要人物はいないと、敵に思いこませられる。凶悪ハンターはほかの捕虜に手をつけず、アンティ二名に集中するはず」

「だが、そうなると二名がますますひどい拷問を受けることになるのでは？」

「ならない。こう主張させればいい……自分たちはGOIの最重要機密を洩らすのを防ぐため、思考ブロック処置を受けている。そのブロックを解除するにはパラ露が必要だ、と」

「かれら、パラ露を持参しているのか？」

「いや。だが、ウィンダジ・クティシャがそれを聞けば、あらゆる手を使ってパラ露を手に入れるのはまちがいない。パラ露さえあれば、エルサンドやシドのような潜在能力者はなんだってできる。きみには想像もつかないだろう。かれらがわれわれ全員を救ってくれるぞ」

「よし！　いますぐウィンダジ・クティシャのところへ行って、エルサンド・グレルと話をさせてくれといってみる」

「そんな思惑どおりに凶悪ハンターがきみを彼女に会わせるわけがないだろう」トプシダーは反論した。「可能性はひとつ。わたしがポジトロン・オルガンを使ってふたりに話しかけてみる……もちろん、古アルコン語で。この古代言語はトラカラトでもトプシドでも好んで使われるんだ」

「了解した！」ヒゴラシュが声をとどろかせる。「だが、どうか急いでもらいたい、超越知性体の化身よ！」

「超越知性体の化身？」クスルザクはわけがわからず、おうむ返しした。

「きみほどの聡明さはそれ以外に表現できないからな」ヒゴラシュが答えた。

9

エルサンド・グレルは悪夢から目ざめた。だれかがささやいてくる……子供のころの記憶を呼びさます言語で。

古アルコン語だ！

トラカラトでは古アルコン語を学ぶのは五歳から十歳までの子供で、大人になると日常生活で使うことはない。それでも彼女はこの言語を忘れたことはなかった。

ふたたび、ささやきが聞こえる。

二度の尋問による拷問と監房を支配する暑熱地獄のせいで疲労困憊《こんぱい》していた女アンティは、思いがけず力が湧いてくるのを感じた。突然、明晰に考えられるようになる。だれかが自分とシド・アヴァリトにこっそりメッセージを送ってきたのだ。

監房はつねに見張られ、盗聴されているはず。記録装置がひとつしかないのはたしかだが、目立つ動きは避けたほうがいいだろう。彼女は寝言あるいはうわ言をいったと思われるよう、ほとんどわからないくらいに唇を動かした。いかにもそれらしく見えるはずだ。ほんの一瞬、わずかに目を開けただけだったから。

精神集中し、ささやき声を言葉に分析してメッセージの意味を理解しようとする。

意外にも、それはたちまち成功した。すべてのGOIメンバーが受ける訓練のたまものだろう。とくにパラテンサーはつねにきびしいのをやらされるから。ほかにもたくさんあるが、なかでも聴覚を研《と》ぎ澄ます訓練を。不完全な音源をほとんど反射的ともいえる能力によって再構成することで、耳を鍛えるのである。

「こちらクスルザク！」と、メッセージは伝えていた。「ハンジョ・キッパー、ナチャン・ベルミル、クニシュが拷問されて死んだ。きみたちがとめないと、さらに死者が増えることになる」

〝きみたち〟？　自問したエルサンドは気づいた。メッセージは監房内のどこかにあるマイクロ・スピーカーから聞こえてくるようだ。いつもウィンダジ・クティシャがそれを使って連絡してくる。わたしたちがとめないといけないの？　そう彼女は思ったものの、声に出して訊くことはせず、考えをめぐらせた。シドは失神したままなのかしら、それともわたしと同じ理由で動かずにいるのかしら。

「きみたちがパラテンサーだってことをやつらに認識させるんだ」なおも古アルコン語のささやきはつづいた。「こんなふうに主張しろ。秘密を洩らすのを思考ブロックが妨げていて、パラ露があればブロックを解除できると。

ウィンダジ・クティシャはパラ露を手に入れようとするだろう。それを使って凶悪ハンターを油断させ、大量のパラ露を宇宙要塞じゅうにばらまかせろ。同時にハンターに条件を出し、いまのこっているGOIメンバー全員を、要塞の外で待機中の宇宙船に連れていかせるんだ。最後には、要塞じゅうにばらまかれたプシコゴンをきみたちが突発的に爆燃させ……そのどさくさにまぎれて逃げてくれ。わたしもタイミングを見てきみたちにつづく。理解できたか？　イエスなら、いま聞こえている言語で〝幸運を〟といってみてくれ！」

エルサンドは古アルコン語で〝幸運を〟とつぶやき……シドも同じことをしたのがわかった。やはり、かれも意識をとりもどし、すべて聞いていたのだ。

「よかった。では！」クスルザクがそうささやいたあと、沈黙が訪れた。

「時間があるうちに話し合いましょう！」エルサンドは声をひそめ、古アルコン語でいう。「マイクロ・スパイが記録してると思うけど、翻訳を終えたときには事態が動きだしてるわ。いまのささやきは、どうすれば拷問をやめさせられるかわれわれふたりが話し合っていたように見せかけるのよ」

「了解！」シド・アヴァリトも同じく古アルコン語で応じる。「それにしても前途多難だな」

「即興でやるしかないわね。運がよければ、なんとかなる。ソトの手下にアンティはほとんど見かけないから、一名もフェレシュ・トヴァアルにいるとは思えない……トプシドで古アルコン語を学ぶのは上流階級の子供たちだけだし」

「しずかに！」シドがささやく。

エルサンドもすぐにわかった。かくしスピーカーから、かすかな音がしたのだ。すぐに凶悪ハンターの声が聞こえてきた。

「きみたちの会話にわたしも入れてほしいと思ったが、知らない言語なのでね、エルサンド・グレルとシド・アヴァリト」

「知らないはずさ」シドが応じる。「人工言語だからな。GOIのパラテンサーしか使っていない」

「GOIのパラテンサー？　つまり、きみたちはパラテンサーなのか？」ウィンダジ・クティシャは〝じめた〟といいたげに驚きの声をあげる。だが、それからはっとして、興奮がさめたようにつづけた。「いや、そうは思えんな。パラテンサーがおのれの身分を明かすはずはない」

「さしせまった状況なら話はべつよ」と、エルサンド。「仲間が全員われわれと同じかもっとひどい拷問を受けて殺されるんじゃないかと、恐れているの。それはやめてもらいたい。もちろん、充分な見返りはさしだすわ」

「どんな見返りだね？」凶悪ハンターが待ちかまえたように訊く。

「GOIの重要機密を教える。われわれが知っているかぎりで」と、シド。

「クラーク・フリッパー基地の座標がわかれば、まずは充分だ」ハンターは急《せ》きこんでいった。「その座標がたしかなら、きみたちの拘束を解き、第一級の戦時捕虜としてあつかおう。悪くないぞ。さ、早く話せ！」

「それは提供できない情報ね」エルサンドが応じる。「座標に関する記憶は、任務につく前にかならず消去されるので。でも、ほかの秘密なら記憶のなかにあるわ。ただし、ブロックされている。シドとわたしはパラテンサーだから、パラ露を使ってブロックを迂回すれば解除できるんだけど」

ウィンダジ・クティシャはしばらく黙っていたが、やがて慎重にこういった。

「ふむ、わたし自身はリスクを冒す気はないが、ためしてみるか。とはいえ、パラ露はどこで手に入る？　ざっと見積もって、どれくらい必要なのだ？」

「すくなくとも五千粒」シドが答えた。

「五千粒！」凶悪ハンターは驚いたようにくりかえし、「ちょっとした財産だな。まずだれかに委託してあちこち探しまわらせるしかない。なにしろ、合法的にパラ露を入手するのは不可能だから」

「それはわれわれもわかってるわ。だけど、あなたがパラ露を手配できないとしたら、いったいほかにだれができるというの？」

「たしかにそうだ」凶悪ハンターはエルサンドの追従《ついしょう》に気をよくして、「また連絡する。のちほど！」

＊

ウィンダジ・クティシャはシートにもたれ、パラ露五千粒の手配をだれに委託するか考えをめぐらせていた。

そこへインターカムの着信音が鳴り、思考を中断された。

しぶしぶ装置をオンにする。

スクリーンに一プテルスの顔がうつしだされた。

「ソトのパラ露検査官からハイパー通信が入りました、ウィンダジ・クティシャ」相手が慇懃《いんぎん》にいう。「遮断チャンネルとXL暗号を使って話したいとのことです」

凶悪ハンターは耳をそばだてた。

ソトの検査官が遮断チャンネルとXL暗号を使って話したいというなら、きわめて重大な用件にちがいない。

「遮断チャンネルを確立せよ！」ハンターはそう命じてから、「暗号化は自分でやる」

〝念には念を！〟と、以前テラナーたちがウィンダジ・クティシャの行動についていったもの。遮断周波を使えば会話は絶対に傍聴できないのだが、さらに高度な暗号を用いることで、万が一にもハイパー通信の遮断チャンネルをこじ開けられた場合にそなえるのだ。

プシ通信スクリーンが明るくなり、既知のパニシュの顔があらわれた。ソトの検査官のひとりで、プロスパー・トロンという名のテラナーだ。

みじかい挨拶ののち、トロンは切りだした。

「キシガン・ウェイトとともに査察船でパトロール中、おかしなパラ露密売人の小型船を拿捕し、一万粒を超えるパラ露のしずくを押収した。密売人と密輸品に黒いカードを見せるか？」

「いや！」思わずハンターは叫んだ。〝黒いカードを見せる〟とは、ここ十年ほどに定着したいいまわしで、殲滅するという意味になる。「きみたちの現ポジションは？」

「フェレシュ・トヴァアル七〇三からわずか三光週ほど」

「なら、拿捕した船をここに連れてこい。積み荷と密売人もいっしょに！」ハンターは命じた。「あとほかに小型船に乗っている者は？」

「その密売人だけだ」キシガン・ウェイトがカメラの撮影範囲に入ってきた。かれもやはりテラナーで、パニシュだ。「でも、船は見るべきだと思う、ウィンダジ・クティシャ。とにかく奇妙なので」

「わかった、見てみよう」ハンターは請け合い、「急げ！」

スクリーンが暗くなると、ハンター旅団の指揮官はすっかり考えこんだ。なんと信じがたい偶然だろう。至急パラ露が必要になり、どこで探したものかと迷っているときに、よりによってそのプシコゴンを一万粒も運んでいる密売人が網に引っかかるとは。

思わず天を仰ぐ。

もしかして、いずこかの上位連続体から偉大なるエスタルトゥが、その魂を吸いこんだしもべに慈悲の手をさしのべてくださったのか？

そんな考えを振りはらい、ウィンダジ・クティシャは立ちあがった。エルサンド・グレルとシド・アヴァリトをもっと快適な宿所にうつすことと、あとのＧＯＩメンバー二十七名に対する尋問の中止を指示したのち、輸送カプセルを使って宇宙要塞の一区域に向かう。いつもソトの査察船はその区域に接舷するのだ。

ほどなくして、プロスパー・トロンとキシガン・ウェイトの乗った船が接舷。拿捕した密輸船はエアロック格納庫に曳航《えいこう》されてきた。

格納庫に入った凶悪ハンターが見たのは、半球のかたちをした宇宙船だった。床から十メートルほどのところに浮かんでいて、円形の断面は直径五十メートルほど。ただし、断面といっても完全に平滑ではなく、どこかの惑星の地形を模したような形状になっている。

ハンターが船の奇怪な外見に驚いたままでいると、円形断面のまんなかでハッチが開いた。ブルーの搬送ビームが床まで伸び、査察船の戦闘ロボット二体にはさまれて密売人が降りてくる。

　その姿を、ウィンダジ・クティシャはおもしろがって見つめた。まさに、おかしな船にふさわしい男ではないか。華奢な体格のヒューマノイドで、肩まで伸びた髪も、胸のあたりまでとどく髭《ひげ》も真っ白。太い両眉はやはり白く、淡色の顔はつやつやと若々しい。まとっているのはキモノに似た、濃淡模様があるチャコールグレイの衣装だ。この密売人には、なぜか見る者の意識を不安にさせる雰囲気があった。ダークグレイのブーツを履き、幅広のベルトを身につけている。ベルトにはまるみを帯びた半球形の、銀色のバックルがついている。

　そのバックルに目を向けた凶悪ハンターの前に、広大な円形広場の風景がひろがった。広場はドーム形、立方体、円筒形といった建物で埋めつくされ、上空にはまったく未知の星座がきらめいている。

　かれは腹だたしげにその光景を眼前から追いはらった。見る者にヒュプノ暗示作用をおよぼすホログラム現象がベルトのバックルから生じていると、即座に気づいたから。

「名はなんという?」と、声を張りあげて白髪の男に訊いた。

「ペレグリンだ」密売人はそう答え、非難がましい目でハンターを見た。「聞いてくれ、若いの。わたしはあわれな老人だ。《ラファエル》でパラ露を運んでいるとはいえ、一ギャラクスの儲けも手にしていない。エレクトロン関連の貨物を運ぶ場合に請求する、通常の輸送料金をもらうだけで」

「パラ露の所有とその売買は禁じられている」ハンターはきびしく応じた。「積み荷を押収するだけで、おまえの船と命が失われることはないことをありがたく思え」

「積み荷を押収？」ペレグリンは嘆いて、「そんな！　あれはわたしのパラ露ではないんだ。ある友のために親切心から運んできただけで、実際なんの意図もない。だが、友はあれを押収されたら破産してしまう」

「あとで友の名前を教えろ。破産したかれを、われわれが充分になぐさめてやる……ひざまずいて感謝するほどにな」ウィンダジ・クティシャは意地悪くいうと、密売人に合図した。「ついてこい！」

10

エルサンド・グレルとシド・アヴァリトは、凶悪ハンターの背後からあらわれた男を見て、文字どおりかたまってしまった。まったく予想していなかったから。三カ月ほど前、自分たちが〝神聖寺院作戦〟でチョモランマ地域にあるスティギアンの司令本部に侵入するさい、決定的な助けになってくれた人物ではないか。

かれはいつのまにソトの共謀者になったのか。エルサンドは最初、そう思った。だが、ウィンダジ・クティシャの説明によれば、今回ペレグリンはパラ露の密売人として登場し、ソトの検査官二名に捕まったという。

自分とシドがペレグリンと旧知のあいだがらだと、知られていなくてよかった。ペレグリンのほうも、気づかれるようなことはしていないだろう。

エルサンドとシドはすばやく視線をかわした。よりにもよって、自分たちが……というより凶悪ハンターが……パラ露を緊急に必要としているこのとき、ペレグリンがパラ露十キログラムとともにあらわれたのは、とても偶然とは思えない。

対してウィンダジ・クティシャはとくに変だと思っていないようだ。きびしい監視の
もと、プシコゴンの入った保管容器を持ってこさせ、両パラテンサーに五粒ずつ手わた
した。

要求した量からすれば笑ってしまうほどすくないが、エルサンドとシドは文句をいわ
ず、パラ露を握りしめた。きわめて集中しているように見せかけ……GOIの機密事項
を饒舌に語りだす。だが、それらはたいして価値ある内容ではない。たぶん凶悪ハンタ
ーがとっくに知っているものばかりのはずだ。

思ったとおり、ハンターは非常に不機嫌になり、もっと重要な情報を出せと迫ってき
た。

「すべての障害をとりのぞくには、もっと大量のパラ露が必要だ」シドがきっぱりいう。

「それに、エルサンドとわたしはふたりでひとつの精神ブロックを構築しているにちが
いない」

「了解した！」ハンターの返事だ。

「いや、わたしのパラ露だぞ！」ペレグリンが嘆いた。「手ぶらで友のところへ行けと
いうのか？　なんと説明したらいいのだ？」

「自分で考えろ！」ウィンダジ・クティシャはあざけるようにいい、両パラテンサーに
向きなおる。「好きなだけ保管容器からとるといい！」

「その前にひとつたのみがあるんだけど」エルサンドだ。「まずは、生きのこっている仲間たちを、外にある宇宙要塞の船のどれかに連れていってほしいの。いわば安全確保ね」

「それも了解した」と、凶悪ハンター。

そのとおり指示をあたえる。半時間後、エルサンドとシドは《ブリー》の生存者二十七名とテレカムで話し、かれらが無人の小型艇に乗りこんだのを確認した。要塞外に係留してあったエネルプシ艇で、固有名は《イルサー》という。

「これで満足か？」と、ウィンダジ・クティシャが訊いた。

両パラテンサーはうなずく。

それから、どんどん大量のパラ露を容器からとりだし、しだいに〝打ち解けて〟いくと、いきなりしゃべりはじめた。ＧＯＩの秘密について、事実と適当にでっちあげた内容とを織りまぜて語る。ハンターに計略を見破られないよう、本当の話もいくつかまぜておかなくてはならない。

ふたりは気づかれないようにすこしずつ、パラ露によって潜在的超能力を強化していき……ついにはほんものミュータントになった。エルサンドはテレパス兼暗示能力者に、シドはテレキネシスに。シドの力は、かたい物質の向こうにあるパラ露を動かせるほどに強まっていた。

ウィンダジ・クティシャは心のなかで快哉《かいさい》を叫んだ。

捕虜ふたりのおめでたさに、笑いがもれる。条件を出して秘密を打ち明ければ命が助かる、あまつさえ自由をとりもどすこともできると期待しているのだから。

こちらをぺてんにかけられると思いこんでいるかもしれないが、このウィンダジ・クティシャはだまされたりしない。一見、両パラテンサーの条件をのんだように見えたとしても、あらゆる場合にそなえてこっそり安全処置をほどこしてある。

*

そのひとつが、フェレシュ・トヴァアル七〇三近傍にパラ空間ニッチを投影させたこと。そこに追っ手を一機かくしてあるのだ。ドラガン型の高速駆逐機で、固有名は《ハドラミー》。宇宙要塞の指揮官ケダランほか八名の乗員が乗りこんでいる。

《ハドラミー》の任務は《イルサー》をひそかに追うことだ。捕虜たちがトリックを使って逃げようとした場合、エネルプシ航行中に殲滅することになっている。

考えつくかぎりの非常事態にそなえ、爆撃に耐えられるようにもしてあった。さらに、スティギアンのパラディン家臣がこれを知り、自発的に《ハドラミー》への乗務を志願してきたとき、凶悪ハンターは確信したのだった……すべての状況はおのれの手の内に握られていると。

11

シド・アヴァリトは汗びっしょりだった。新しい宿所は快適な温度だというのに。実際、かれとエルサンド・グレルが入れられた部屋は非常に贅沢なつくりだ。とはいえ、目下それはどうでもいい。

かれはテレキネシス・センサーを精神力でとどかせようと、全身を集中させていた。宇宙要塞じゅうの物質すべてをつらぬいて、向こう側へ……できれば《イルサー》のところまで。この前提条件があってはじめて、テレキネシスによって〝下準備した〟パラ露を、固体をつらぬくかたちで動かし、ある場所まで持っていくことができる。のちにその場所で、実際に目で見て影響をあたえるのだ。

シドはペレグリンが乗ってきた《ラファエル》のことも探してみた。宇宙要塞のエアロック格納庫にあるはず。だが、テレキネシス・センサーを要塞のすみずみまで伸ばしても、直径五十メートルの小型船は見つからない。

それ以上、探しつづけることはしなかった。かれの計画では《ラファエル》はたいして意味を持たないから。ひょっとして逃走のさいにこの小型船を持っていけるなら、パラ露をすこしばかり積んでおこうと思っただけだ。ま、どうしてもというわけじゃない。ペレグリン自身も無関心で、自船がどうなろうと気にしていないふうに見える。

そのあいだにシドはこっそり、GOIのトレーニングで習ったボディ・シグナルを使ってエルサンドとやりとりし、彼女の超能力が非常に強化されたことを知った。エルサンドはスーパー暗示能力者になっていた。その力を使い、外の宿所にいる法典忠誠隊の全員をすでにコントロール下においている。

そろそろ大規模攻撃に出る潮時だ。

ただ、ウィンダジ・クティシャはなにか怪しいと感じたらしい。アームバンド装置を作動させ、宇宙要塞の区域責任者に応答をもとめたから。

返事がないことに気づいたクティシャは見張りの六名に、エルサンドとシドを麻痺させるよう命じた。

だが、そこで両アンティは最高潮に達したパラプシ力をふたたび使い、宇宙要塞じゅうにばらまかれたプシコゴンを突発的に爆燃させる……その結果、プシオン性の爆発が生じた。

さすがの凶悪ハンターもこれには太刀打《たちう》ちできない。支えを失ったようになり、捕虜ふたりの宿所内をよろめき歩いた。ふたりのことは切れ切れの影にしか見えていない。

いくらか明晰な思考がもどったとき、捕虜ふたりとペレグリンは消えていた。

ウィンダジ・クティシャはふらつきながら警報装置に近づき、センサー・プレートを手のひらで押した。これでプログラミングどおり、かれのからだの有糸分裂放射に反応して宇宙要塞七〇三じゅうに〝全施設警報〟が鳴りわたるはず。その瞬間を、いまかいまかと待つ。

なにも起こらない。

要塞の全設備が作動停止したかのようだ……照明装置をのぞいて。だがそれも、ちらちらしはじめている。

凶悪ハンターはシートにすわりこみ、ののしり文句を発した。

しかし、そこで笑いだす。捕虜たちは遠くへ行けるはずもないのだ。

《イルサー》が宇宙要塞をはなれたとたん、パラ空間ニッチのかくれ場から《ハドラミー》が飛びだして捕獲するのだから。

＊

エルサンド・グレルとシド・アヴァリトはだれにもじゃまされずに《イルサー》に到着し、かつての《ブリー》乗員たちから熱狂的に迎えられた。

それとは対照的に、ペレグリンにはだれもが不審の目を向ける。

「かれは友だよ」と、シドは仲間たちに伝えた。「前にもわれわれを窮地から救ってくれたんだ。それに、今回は天の意図みたいなものがひと役買っていたように思える。ソトの検査官がまたとないタイミングでパラ露密輸船を捕まえるなんて」

「あなたの《ラファエル》を持ってこられなかったのは惜しまれるけど」エルサンドがペレグリンにいった。「そうもいってられないわ。前に護衛艦を拿捕したとき、装置類をじっくり習得する機会がなかったから、全員で集中してとりくまないと《イルサー》をエネルプシ航行に持っていくことはできない」

「わたしも《ラファエル》の行方はわからなかった。テレキネシスで探ってみたんだが」シドが口をはさむ。「本来ならありえないことだ」

ペレグリンは楽しげに手を振り、

「心配無用だ、友よ。《ラファエル》はおもちゃみたいなもの。あれは実際、わたしが惜しくもあきらめねばならなかった真の物体の追憶にすぎない」

「真の物体の……？」まのびした声でシドがくりかえす。

「きみならわかる。賢いから」ペレグリンは応じた。

「かれは本当に賢いのよ」と、エルサンド。「ところで、あなたはロコシャン家の守護神を思わせますね。いつだって最適な場面であらわれる。スティギアンのソトムでも、こんどのフェレシュ・トヴァアル七〇三でも」

このコメントにペレグリンは哄笑を響かせただけだったが、そのあと乗員たちに注意をうながした。パラ露の爆燃効果が永遠につづくわけではないのだから、可及的すみやかに宇宙要塞から遠ざかるほうがいいだろう、と。

「たしかに！」エルサンドが大声を出した。「全員、持ち場について！　パラディンⅥがいなくて残念だけど。かれならGOIに活躍の場があったでしょう。パラディン型ロボットに関する情報を知るにつけ、なぜもう製造されなくなったのか不思議だわ。まさに技術の粋ともいえる傑作なのに」

「もしかしたら、パラディンⅥはなんらかの方法を見つけてわれわれを追ってくるかも」と、トプシダーがいう。《ブリー》の探知士兼航法士だったクスルザクだと、いまではエルサンドもわかっていた。

「かれがどうなったか知ってるの？」と、エルサンド。

「星々だけが知っている」トプシダーの答えは謎めいていた。

「さ、ずらかるぞ！」シド・アヴァリトがじれったそうに急かす。

エルサンドはなにもいわず、ルーラー・ガントの隣りのシートにすわった。《ブリー》の操縦士だったエプサル人で、この《イルサー》でも操縦をつとめることになっている。

彼女は小声でガントに指示を出し、インターカムでほかの乗員たちにも伝えた。

全長五十メートルの《イルサー》は、ストーカーの星間船《エスタルトゥ》やスティギアンの旗艦《ゴムの星》の搭載艇と同タイプだ。数秒後、エネルプシ艇は宇宙要塞七〇三をはなれた。最初はグラヴォ・エンジンを使って加速する。このエンジンで出せるのは三分の二光速までだ。

たちまちフェレシュ・トヴァアル七〇三が銀河中枢部の密集した星々の向こうに見えなくなる。《イルサー》は最大価で加速。振動が強まっていき、弱いが不吉な感じのする甲高い音が聞こえはじめる。

そのあいだ、クスルザクは信じられないほどの能力を発揮してナヴィゲーションと計算をおこなっていた……それに使うデータは、かれが宇宙要塞のどこからか調達したもの。こうしてポジションを確定し、《ブリー》と拿捕された護衛艦が向かっていたテンダーまでエネルプシ航行で向かうコースを算出する。

プログラミングずみのディスクをオートパイロットのスリットに挿入した直後、《イルサー》は最高速度に達した。

ルーラー・ガントが問うように女チーフを見る。

「エネルプシ航行！」エルサンド・グレルは命令。

オートパイロットのプログラミングを開始するセンサー・プレートに、操縦士が手を置きかける。そのとたん、耳をつんざく警報サイレンが艇内に響きわたった。

「探知！」クスルザクの声が裏返っている。「虚無空間と思われたところから、いきなり宇宙船が一隻あらわれた。ものすごい速度でこちらを追ってくる」

「エネルプシ航行！」エルサンドが叫ぶが、操縦士は躊躇した。

ようやくルーラー・ガントがセンサー・プレートに手を置き……《イルサー》はスティギアン・ネットにもぐりこんだ。超高周波ハイパーエネルギーからなるラインは事実上、プシオン・ネットのラインと等しいものだ。

「やっと安全を確保できたな！」ソトラン・ホークがいった。

「いや！」クスルザクが興奮してきいきい声を出す。「未知宇宙船はスティギアン・ネットのなかでハイパーエネルギー性の影となって、こちらを追ってきた。近づいている。われわれを始末する任務を帯びているのは確実じゃないか」

「いなくなったぞ！」《ブリー》の火器管制将校だったフェロン人シンダラーが叫んだ。

「スティギアン・ネットから消えた。われわれを吹っ飛ばして破滅させる気だろう」

「つまり、凶悪ハンターが最後に勝利したわけね」エルサンドが苦々しげにいう。「ごめんなさい、みんな。わたしとシドはウィンダジ・クティシャの予防処置にたちむかうことができなかった。まさかこんなことになるとは予想もしていなかった」

「エネルプシ航行中は防衛不可能だ」シンダラーがくやしそうにいう。

クスルザクは探知スクリーンを食い入るように見つめた。恐ろしい相手がしだいに近づいてくる。かれは太古の言語でなにかつぶやいた。その意味は想像するしかない。
まわりのすべてがまばゆい光につつまれる。かれはあきらめて目を閉じた……

12

ジュリアン・ティフラーみずから《フールン提督》を操縦した。艦が最後のメタグラヴ超光速航行を終えて通常空間に復帰すると、GOI代表はかたわらの成型シートにすわったティルゾに注意を向ける。ティルゾは目を閉じて集中し、別次元の眺めを見ていた。いまの場合でいうと〝近い場所にある〟スティギアン・ネットの超高エネルギー・ラインを。それはふつう、人間やブルー族の知覚ではとらえられないものなのだが。

ティルゾについては事情が異なる。かれはディアパスなのだ。つまり、パラ露の助けでプシオン性フィールド・ラインのようすを〝見聞き〟し、そこでなにが起こっているか、あるいは起こっていないか、判断できる。ただし、これは生まれ持った能力ではなく、パラ露の過剰使用によるバッドトリップの結果としてもたらされるため、その後は完治しないのではないかと思うほど長く精神錯乱状態がつづくことになる。

とはいえ、このミッションではティルゾのディアパシーが役だっていない。かれのせいではなく、まだ《フールン提督》の周囲でなにもことが起こっていないからである。

ティフラーはいらだちを表に出さないようにつとめ、心のスイッチを切り替えると、惑星ハルトからの情報に目を通した。《フールン提督》のスタート後にリレー経由で受けとったものだ。

それによると、ハルト人たちは自身の〝戦士のこぶし〟をスティギアンにしめしたとのこと。これでソトもハルタ星系から撤退する気になったらしい。

ただ、エルファード船を仮借なく攻撃したという話には複雑な思いをいだいた。自身がパニシュとして暗い時代をすごし、いまは火傷《やけど》を負った子供になったせいで、どんな極端な行為にもひるんでしまうのかもしれない。

ハルト人の立場から見て重要なのは、断固たる行動によってスティギアンに限度をわからせること、いざとなればソトとその艦隊を相手に〝聖戦〟の火蓋を切る用意があるとしめすことだろう。

そこまでいかないといいが。戦争は、知性ある生物のあいだで起こる最悪の出来ごとだ。ギャラクティカムがソト相手にあらゆる挑発的行動を避けてきたのには理由がある。そんなことをしていたら、とっくに戦火が銀河系の無数の惑星を焼きつくしていただろう。

ティフラーはぎくりとし、思考を中断した。ティルゾが甲高い悲鳴をあげてシートから跳びあがったのだ。

すぐさま医療ロボットが駆けつける。ディアパスのように繊細な神経を持つ生物は、重篤《じゅうとく》かつ致命的なショックに見舞われることがよくあるから。

だが、ティフラーは合図してロボットを押しやり、立ちあがると、ティルゾの肩に腕をまわしておだやかな声で話しかけた。

それが比較的すぐに効果をあらわし、

「宇宙船が！」と、ディアパスは報告をはじめた。「宇宙船が二隻、スティギアン・ネットのなかに見えたんです。一方が他方を追っていて、追いつきました。追われた船は少量のパラ露を積んでいます。パラテンサー二名の強力な散乱放射をキャッチしました。すこし前に活性化されたにちがいない」

「エルサンドとシドだ！」ティフラーが口ばしる。「超能力を使ってハンター旅団の宇宙要塞から逃走するのに成功したのだな。ほかにはなにが見える、ティルゾ？」

「狂気の黒い被造物にかけて！」ブルー族はさえずり、「追っ手が砲火を開いたようで、プシオン性の噴火みたいなものが起こりました。まばゆさで目が見えなくなり、気がつくと両船は消えていました」

「二隻とも破壊されたようです」探知装置がいう。

「それはわからない」ティルゾは応じた。

「スティギアン・ネットから放出されただけかもしれない」ティフラーだ。「そのポジションに案内できるか、ティルゾ?」

「やってみます」ブルー族はそう答え、シートにすわった。

ティフラーも同じく席に着き、《フールン提督》を加速させた。ディアパスがかすかにささやく指示にもとづき、オートパイロットに超光速航行をプログラミングする。

オートパイロットがプログラムを開始。

やがて《フールン提督》は通常空間に復帰した。艦尾からわずか十二光分のところに脈動する青色巨星が見える。艦首側には、それぞれ異なる距離をおいて、異なる三つの対象が存在していた。GOIの艦隊テンダー。《エスタルトゥ》タイプの搭載艇が一隻。そして、なんだかよくわからないもの。裸のハルト人に見えるが……

＊

「そういうわけで、わたしと弟はソト＝ティグ・イアンに悪用されていたことを知ったのです。かれはわれわれを秘密工作員に仕立て、GOIとギャラクティカム諸種族に対して投入しようとしました」と、ヒゴラシュは締めくくった。自分に関する話を、知っているかぎり報告したところだ。

「それできみなりに結論を出したのだな。エネルプシ航行中の《イルサー》に追いついて破壊するという凶悪ハンターの計画を、無にしてやろうと」シド・アヴァリトが確認する。

「あやうく失敗するところでしたが」パラディンⅥが〃ハルト人の〃疑似発話器官を使ってつづけた。「ぎりぎりのタイミングで《ハドラミー》をスティギアン・ネット内に引きもどすことができ、これでもう《イルサー》に危険はおよばないと思ったのもつかのま、《イルサー》を通常空間に吐きだした部分のネットが破れたせいで、われわれも通常空間に落下してしまったのです。ただ、駆逐機はあまりに高速を出していたため、それ以上《イルサー》を追尾することはできず、一恒星に衝突しました。最後の瞬間、シドが超強力テレキネシスの残存能力を使ってわたしを機外に出してくれなかったら、《ハドラミー》と同じ運命をたどってガス化していたでしょう」

「われわれ、きみに大きな借りをつくったな、ヒゴラシュ」ジュリアン・ティフラーはそういうと、周囲の面々を見わたした。ここは艦隊テンダーだから《イルサー》と《フールン提督》の乗員のほか、テンダーの要員も集まっている。白髪の老人ペレグリンはいつのまにか姿を消していたので、かれが助けてくれた件についてはパラテンサーたちから話を聞いただけだ。「《イルサー》についてだが、まずはクラーク・フリッパー基地に持っていき、そこから〃ビッグ・ブラザー〃のところへ向かわせる」そこで微笑を浮かべ、「シドとティルゾはすこし休んでからビッグ・ブラザーのもとに同行してくれ。

先方がきみたちに会いたがっているのでね」

「ああ、もちろんです！」と、シド。「ついにビッグ・ブラザーに会えるのか！」

ティフラーはにやりとし、ふたたび真剣な顔でパラディンⅥに向きなおった。

「きみの話だと、スティギアンに支配されたままの弟がいるから、ソトのところにもどりたいというのだったな。むろん、引きとめはしない。だが、GOIとギャラクティカムがいつでもきみたち兄弟を歓迎することは知っていてほしい。無理にとはいわないが、きみさえその気なら、われわれのもとで銀河系の平和維持に向けた大きな仕事ができるはずだ。それはもしかしたら、力の集合体エスタルトゥの平和再建にも寄与するかもしれない」

「かならず近いうちにあなたがたに合流します」ヴォマゲルはそういうと、〝ハルト人の〟赤い目でエルサンド・グレルを見つめ、「エルサンド、あなたがいれば、われわれの出自に関する説明が得られる気がするのです。スティギアンが暗黒空間でなにをしたのか、わたしと弟を自分の手下にするためにどこから連れてきたのか、明らかにしたい。パラ露を使って協力してもらえないでしょうか」

「協力するわ、ヒゴラシュ」アンティはおごそかに答えた。

「われわれ全員がきみの味方だ、友よ」ジュリアン・ティフラーがつけくわえる。

そのさいはおそらく、ペレグリンという名の老人も助けてくれる！　と、心のなかでいった。ただ、あの老人がなぜラテン語で〝放浪者《ワンダラー》〟を意味する名を名乗るのか、それさえわかればいいのだが。ま、いずれはっきりするだろう。

ビッグ・ブラザー

クルト・マール

登場人物

ジュリアン・ティフラー………有機的独立グループ（ＧＯＩ）代表
ガルブレイス・デイトン………《バジス》保安部チーフ
ウェイロン・ジャヴィア………同船長
シド・アヴァリト………………アンティ。ＧＯＩの潜在的テレキネス
ティルゾ…………………………ブルー族。ＧＯＩの潜在的ディアパス
ノックス・カントル
エンザ・マンスール
…………《バジス》乗員。ＧＯＩの科学者。ストリクターの開発者
アンブッシュ・サトー…………同乗員。超現実学者
ペレグリン………………………謎の老人

1

その小型搭載艇は揺りかごのようにゆらゆら揺れていた。格納庫デッキの照明のなか、金色に輝いている。全長八メートルの卵形。表面はなめらかで、支えのようなものはまったくない。側面にあるハッチは開いているが、それが閉まったなら、ふたたび継ぎ目のない卵のようにつるりとした外観にもどるだろう。

その開いたハッチの前に、二名の姿があった。これ以上アンバランスな組み合わせは考えられないというほど対照的な二名だ。ひとりは痩身《そうしん》で、華奢《きやしゃ》な肩と引っこんだ胸、背丈は百七十センチとすこしか。アンティのシド・アヴァリト、テレキネシス能力を持つパラテンサーである。もうひとりは背が高く屈強な感じで、身長は百九十センチと指の幅二本ぶんくらい。種族特有の皿頭を持つ。ブルー族のティルゾだ。やはりパラテンサーで、その特殊能力はディアパシーと呼ばれる。

二名はハッチの前に立ち、ためらうようなそぶりを見せた。とうとう、シドが振りかえってこういう。

「これは……なんだ？」

急いで話そうとして、言葉をぜんぶのみこんでしまったような口調だ。視線はおちつかないし、もじゃもじゃのブロンド頭のなかはまったく働いておらず、放心状態に見える。予断を持たずに外からシド・アヴァリトを観察したら、ものすごく精神不安定な人物に見えるかもしれない。だが、けっしてそうではなかった。内向きな性格で、自分が周囲にどう見られているかちっとも気にしない男だが、じつは堅固な意志の持ち主なのである。

輝く卵の前にはGOI艦《マルエラ》の男女技術者たちが半円を描いてならんでいた。司令室のあるデッキから搭載艇格納庫まで、シドとティルゾについてきたのだ。みなまじめな顔をしているが、目にはいわくいいがたい奇妙な光を宿している。思考が読める者ならわかるだろう。シド・アヴァリトとティルゾのことがちょっぴりうらやましいのだ。このアンバランスなコンビは、GOI最大の秘密である〝ビッグ・ブラザー〟の正体をじきに知ることになるのだから。

技術者のひとりが前に出て、説明した。

「CCタイプの移乗ユニットだよ。完全自動制御、加速性能は二百秒で五十パーセント。

最新型だ。《ギフォード》までの距離は三光分なので、あっという間に着く」
「だといいが」ティルゾがブルー族特有の甲高《かんだか》い声で応じる。
かれがまず開いたハッチから乗りこみ、シドがつづいた。この飛翔機にはエアロック
と呼べるものがなく、ハッチから直接キャビンに入るようになっている。移乗ユニット
は宇宙船ではなく、人や物品をある船からべつの船へ運ぶためだけに使われるのだ。目
的地まではほんの数分しかかからないので、宇宙空間を無制限に動くのが目的の乗り物
なら当然そなえているべき安全装備をはぶくことができる。エアロックも兵装もなけれ
ば、防御バリア・プロジェクターさえ積んでいない。まさに無防備な裸の卵だった。
それにふさわしく、キャビンのしつらえもシンプルだ。可動シートが五つと《マルエ
ラ》を離脱したあとのようすを見られる全周ヴィデオ・スクリーンがあるだけで、快適
さのための設備はなし。飲料自動供給装置も洗面所もついていない。数分間の飛行なら
不要なので。
ハッチが閉まると、キャビンの照明が点灯した。シド・アヴァリトはセラン防護服の
機能をチェックし、ヘルメットを閉じる。ティルゾも同じく。それから、シートについ
た。
「スタート三十秒前」《マルエラ》のコントロール・ルームから音声が聞こえた。「す
てきな旅をどうぞ」

ティルゾもシドもなにもいわない。どっちみち相手はコンピュータだから。ふたりはこれから起こることに思いを馳せた。乗り換えは一度だけだ。GOI艦《ギフォード》に移乗し、次に艦が静止したなら、いよいよビッグ・ブラザーの正体がわかる。

「すぐに到着です」コンピュータ音声が告げた。

＊

銀河中枢部の星々の眺めは幻想的だった。光点が非常に密集しているので、ところによっては光と炎でできた壁のように見える。《マルエラ》と《ギフォード》のあいだの現ポジションは、力学的には重力量子の銀河系中心に位置する超巨大ブラックホールから、わずか九百六十三光年しかはなれていない。この宙域で星々の距離をはかったら、光日単位にしかならないな……そうシド・アヴァリトは心のなかでつぶやいた。

光り輝く無数の光点を透かして、ひしめく星々の向こうを見ることができたなら、銀河間虚無空間の漆黒が存在するはず。そこに、圧倒的に強烈な光をはなつ構造物がある。こちら側から見れば角石のようなかたちをしているが、それは見かけだけの話だ。実際は柱のかたち、あるいは柱の土台といったほうがいいかもしれない。プシオン・エネルギーでできていて、スペクトルの可視領域における二次電子放出があまりに強力なため、星々の光とも張り合うほど。

　これが〝戦士の鉄拳〟という名の宇宙標識灯だ。永遠の戦士の言語ではグメ・シュジャアと呼ばれる。高さ八千光年、さしわたし千二百光年におよび、銀河系中枢部の恒星凝集域においてもきわだっている。だがティルゾもシドも、ソト＝ティグ・イアンがおのれの名誉のためにつくりだした、このとてつもない記念碑を〝まるのまま〟目にしたことはない。見わたせるのはせいぜい数光年だけだ。宇宙標識灯の見た目の規模は電磁波の膨張速度で定義され、それは有限なのだから。戦士の鉄拳の真の大きさを測定するには、ハイパーエネルギー・ベースで作動する探知機を使うしかないが……そうした探知機は移乗ユニットには装備されていないのだ。

　慣性力を緩和する加速圧アブソーバーのおかげで、小型飛翔機の殺人的速度を乗客ふたりが感じることはなかった。《マルエラ》も《ギフォード》も見えない。前者はとうに星々のなかに消えてしまったし、後者は移乗ユニットが数十キロメートルの距離まで近づいてからようやくあらわれるはず。ティルゾは四つの目を閉じたまま、からだをかたくしてシートにすわっている。そのつぶやきが、ヘルメット・テレカムを通じてシドに聞こえてきた。

「すぐ近くにスティギアン・ネットのラインがいくつもある。待ち合わせ場所の選び方がまずかったな」

　ディアパシーとは、ふつうの有機体が持つ意識の限界を〝超越して〟感知する特殊能力だ。ハイパーエネルギー・スペクトルの超高周波領域でくりひろげられるものごとを、ティルゾは知覚できる。つまりスティギアン・ネットのフィールド・ラインを〝見る〟ことができるのだ……目ではなく、パラノーマル性のセンサーを使って。なぜそんなセンサーが生まれつき脳にそなわっているのかは、神のみぞ知る。かれはミュータントではない。その能力は潜在的なもので、外からの適切な刺激によって得られる。ほかのパラテンサーたちと同様、パラ露のオーラによって。いまもティルゾは謎めいた物質のしずくをひと粒、手に握りしめていた。

スティギアン・ネット……それはいまから十四年前、ソト＝ティグ・イアンが銀河系に導入したプシオン性ネットのことだ。通常のプシオン性ネットと機能やしくみは同じだが、それを構成するプシオン・エネルギーの振動周波が異なる。そのため、フィールド・ラインは自然に生じたネットとちがって、スティギアンがアレンジしたとおりのふるまいをするのだ。ソト配下のエネルプシ船にとっては、フィールド・ラインは通行路となる。それを使って出せる速度といったら、メタグラヴ・エンジンを使う銀河系の宇宙船には想像もつかない。

スティギアン・ネットのルートが待ち合わせ場所の近くにあるということは、いつなんどき恐ろしいファアタ・ジェシすなわちハンター旅団があらわれるかわからないわけだ。ソトの側近ウィンダジ・クティシャがひきいるハンター連中は、つねにGOIを目の敵《かたき》にしていた。かれらの船はエンジンを二種類そなえている。スティギアン・ネット内を航行するさいに使うエネルプシ・エンジンと、従来方式で航行するためのメタグラヴ・エンジンだ。それでいたるところに出没する。とはいえ、スティギアン・ネットが近くにあるところなら、とくに用心する必要があるだろう。

シド・アヴァリトはおちつかなくなった。目の前にひろがるパノラマ・スクリーンを凝視したが、そこにうつるのはリフレックスだけだ。無数の星のなかにハンターの船が見えたときには、とっくに相手の射程範囲に確実に入っているだろう。

そのとき、ティルゾがだしぬけに前へ乗りだした。大きく見開いた目には不安の色がうつっている。

「きたぞ……」と、声を絞りだした。

＊

「十時の方向からハンター出現！」金属的な声が響いてくる。「フィールド・バリア展開、攻撃も視野に入れろ。われわれを逃がすつもりはなさそうだ」

だが、シド・アヴァリトの耳にはほとんど入らなかった。不可視のこぶしにつかまれ、シートのクッションに押しつけられたような気分だったから。さっきの声はまだ話しつづけ、そこにべつの声が割りこむ。それは指示ではなく、シントロン・サイバネティクスの動作を伝える内容だ。生物に可能な範囲をはるかに超えた反応時間がもとめられるのだから、当然のこと。

シドはものすごい圧力を受けてうめいた。セランはとっくに個体バリアを張っているが、攻撃者の武力に対して防御にはならない。移乗ユニット内部は殺人的な重力フィールドに満ちていた。その重圧で機体の外被がきしむ。シドは思考のなかで、満足げに自動照準装置を見つめるハンターの姿を見た気がした。ハンターはプシ空間の外ですでにこちらの座標を探知していたにちがいない。三光分はなれたポジションにいる重武装の宇宙船二隻と、そのあいだにいるちっぽけで無防備な卵形カプセル。相手にとっては疑いなく、攻撃すべき目標だろう。宇宙船二隻の外殻上部にあるドーム形構造物は、GOI所属であることを明確にしめす特徴だ。とはいえ、宇宙船を攻撃するのはまずいと考えたらしい。武力ではハンターをはるかにうわまわるから。

星々のもと、何度か閃光がはしった。《マルエラ》と《ギフォード》が砲火を開いたのだ。それでもユニット内の圧力はおさまるどころか、ますます強くなる。ハンターは命中ビームを受けなかったようだ。

シドは下腕にぎこちなく触れてくる手に気づいた。苦労しながら頭をまわすと、ティルゾと目が合う。その視線はぼんやりしていた。頸の付け根にある口が痙攣《けいれん》するようにふるえている。ブルー族はしゃがれた声を絞りだした。

「助かろう……ふたりで」

シドに触れていた手をかれが開くと、皺になった手袋の上にパラ露のしずくがある。テレキネスは友の意図を把握し、自分の手をティルゾの手に重ねた。パラ露から流れこんでくるプシオン力を、ふたりいっしょに体内にとりこむ。

「きみにも見えるか……敵が……」と、ティルゾ。

質問したつもりなのだろう。シドは目をつぶると、のこる力のすべてを使い、ティルゾが自分に伝えてくる映像に精神を集中させた。圧力は依然としてのしかかり、まるで崩れた山の下敷きになった気分だ。過負荷に耐えているユニットの外被のきしむ音が耳にとどく。

それでも、見えた！

奇蹟としかいえない。機器類にかこまれたちいさな空間が見えたのだ。それらの機器はほんの数カ月前までまったく未知だったものだが、いまは操作盤やヴィデオ・スクリーンもわかる。シートがひとつあり、宇宙服を身につけた華奢な姿がひとつある。霧を通して見るようにぼやけているが、苦しい意識のなか、シドはかすかな驚きとともに認識した。ティルゾがパラ露のしずくを介して、自分にディアパシー能力を伝送しているのだと。

「躊躇《ちゅうちょ》……するな……」ブルー族がうめく。

シドが気にしているのはハンターのことではなかった。それはどうでもいい。ただ、テレキネシスを使って敵の骨を折ることはできても、それで危険が去るわけではないのだ。ハンターの船は自動制御で、独自の人工知性が動かしているから。

「早く……手遅れになる……」と、ティルゾ。

シドにはわかっていた。ハンターが出現してからこれまで、ほんの数十秒しかたっていない。苦痛のせいで時間が引きのばされたように感じ、実際は一瞬のことでも数分たったように思えるのだ。

シグナル変換機！　その考えが頭をよぎった。

箱形の小型装置に精神集中する。この装置の機能は、パラチームが永遠の戦士のテクノロジーをくわしく調べることになってからようやく知った。シドは箱の内部に侵入し、いまや見るのではなく〝触れて〟いた。極小のシントロン・フィールドに行く手を阻《はば》まれる。ぱちぱち、かさかさと音がして、ちいさな光点がひらめいたと思うと、また消えた。

シドはちいさなプレートを、手でなく意識のテレキネシス・センサーでつかむ……実際、つかめた！……その瞬間、手も動いたのだが、自身は気づいていない。それでも、ティルゾがパラ露をもうひと粒わたしてくれたのはわかった。さらなる力が送られてくる。プレートの表面にわずかに刻み目があるのを感じた。ここで受けたシグナルを変換し、照準を合わせて作動する指示をハンターの搭載兵器に送っているのだ。

シドはプレートを握った。ふたつめのパラ露がもたらしたあらたな力を得て、ちっぽけなプレートをくしゃくしゃにする。

ほんの一瞬のあいだ、シドの意識は箱形装置の外に出た。敵の顔が宇宙服の透明ヘルメットの奥に見える。細いトカゲ頭が驚きでゆがんでいる。

この瞬間、ハンターの運命は決した。めちゃくちゃな指示を受けた搭載兵器が混乱し、ハンター自身に向けて発射される。

外で、星々のまんなかに青白い火球が燃えあがった。星の海を背景にものすごい速度でひろがっていき、どうなるのか見当もつかない。ふくれあがったのち、やがて輝きを失い、ついに銀河中枢部の光輝にまぎれて見えなくなった。

シド・アヴァリトは姿勢を正した。殺人的な圧力もなくなり、あたりはしずかだ。押しつぶされていたユニット外被がもとにもどろうとするきしみ音が、かすかに聞こえるだけ。

横に目を向ける。ティルゾの手が滑ってはなれると、いままで見えていた映像もその瞬間に消えた。床にはパラ露がふた粒、光っている。ひとつは九十パーセント昇華してちいさくなっているが、もうひとつはまだもとの大きさをたもっていた。

ティルゾは失神していた。極度の緊張に耐えかねたのだろう。ぐったりとシートにもたれている。

「上出来よ、パラテンサー」と、声が聞こえた。「あなたたちがきっとわれわれを救うと思っていたわ」

＊

シド・アヴァリトとティルゾは《ギフォード》の大格納庫で乗員たちの出迎えを受けた。《マルエラ》で送りだされたときをはるかにうわまわる人数が集まっている。どの男女の顔にも興奮があふれていた。半数ほどがアルコン人かその親戚筋で、のこりはテラナーだ。シドはハッチを開けて外に出たとたん、熟練の目でそれを見てとった。

長身の女がひとり、痩《や》せたアンティのほうへ歩みよってきた。赤みがかったブロンドの髪。自然があたえたスタイルをみごとに引きたたせる、からだにぴったり沿ったコンビネーション。テラ流のやり方でシドの手を握って挨拶し、

「艦長のエグリュー・ハヴァードよ」と、自己紹介した。「さっきは本当にすばらしい働きをしてくれた。おめでとう。そして《ギフォード》へようこそ」

シドはそこそこの熱意で握手にこたえた。背の高い美女を前にすると、いつも気おくれしてしまうのだ。ティルゾはどうかと思って見てみた。まだすこし足もとがふらついているが、そのほかは大丈夫そうだ。失神していたのはほんの数秒だったから。

「なぜあんなことができたのか、われわれにもわからないんです」と、女艦長にいう。

「それほどすばらしい働きだったらいいんですが、専門家に判断してもらわないと」ほかの乗員男女がふたりに押しよせ、熱狂的に握手をもとめてきた。

「どんなふうに攻撃されたんだい？」と、だれかが訊いた。

「重力ショックだ」シドの答えだ。「セランもほとんど役にたたなかった」

「ここにあまり長くとどまっているとまずい」ティルゾが甲高い声でいう。「すぐ近くに強力なネット・ラインがいくつかあるから」

「心配無用。もうとっくにスタートしているわ」エグリュー・ハヴァードが笑った。

「いずれ、われわれの艦船にもプシ走査機が装備される」と、だれかがいう。「そうすれば、もっといいランデヴー・ポイントを探しだせるだろう」

「どれくらいかかるのかな？」シドがそう訊いた相手は、なめらかな肌をしたかわいい女アコン人だ。彼女がこちらに満面の笑みを向けてきたのである。

「どれくらいって……なにが？」彼女は当惑している。

「目的地に着くまで」

「ええと……」彼女は助けをもとめるようにエグリュー・ハヴァードのほうを見た。

「一時間弱よ」艦長が答える。「もっと早く着けるのだけど、ハンターが近くにいるかもしれないから多少トリックが必要なの」

「着いたら……そこにビッグ・ブラザーがいるのですね？」と、シド。

「ええ、ビッグ・ブラザーがいる」エグリューがうなずく。

「何者なんだろう？」ティルゾは興味津々《きょうみしんしん》だ。

艦長は楽しげな笑い声をたてた。ずいぶん明るい性格の持ち主らしい。

「正体を知りたくてたまらないのね？　見ればすぐにわかるわ」

＊

ひしめく星々のなかから、ぼんやりと光点があらわれた。シド・アヴァリトは魅せられたようにそれを見つめる。《ギフォード》は最後のメタグラヴ航行を終えたところだ。周囲の宇宙空間にスティギアン・ネットは存在しない。それはティルゾが請け合った。最終確認は不要である。プシ走査機を持っているビッグ・ブラザーは、わずかなリスクもおかさないよう自身のポジションを選んだのだという。

《ギフォード》の司令室に人員はまばらだ。あとは自動操縦だから。ここにいる男女は好奇心をかくそうとしているが、シドにはわかった。自分がビッグ・ブラザーと会ってどう反応するか、みんな見たいんだろう。

ぼんやりした光点が大きくなり、銀色に輝く染みとなって、星々を背景に浮かびあがってきた。シドの頭のなかに無数の考えが浮かんでは消える。ビッグ・ブラザーの名をはじめて聞いたときからずっと、あれこれ想像をたくましくしてきたのだ。あらたな歴史の転換点がくるたびに、この名前の背後になにがかくれているのか推測しようとした。シドは分析力の持ち主で、感情にはあまり重きをおかない。とっぴなことを思いついては、すこし考えてやはりちがうと却下してきた。

そして、ひとつのこった考えがある。

〝それ〟だ！　あの超越知性体は、これまで何度も銀河系諸種族の運命に介入してきた。ビッグ・ブラザーの名にふさわしい存在が、いったいほかにいるだろうか？

……と思ったのだが、いまになってアンティは疑いはじめた。《ギフォード》の前に見えてきたのは宇宙船ではないか。大きさからすると宇宙ステーションといってもいい。だが、これまで〝それ〟が宇宙船のなかに拠点を築いたなどと聞いたことはない。

「見えるぞ」ふいにティルゾがいった。目は閉じているので、ディアパシーを使っているということ。「ひろい空間……ラボがひとつ……生物がたくさん……」

シドの目は焼けるように痛んだ。あまりに長く凝視したため目が疲れすぎて、おかしなものが見える。銀色の光の染みがふくらんだり縮んだりしはじめた。視界をはっきりさせようと、手で顔をこする。

すると、ゆるやかに湾曲したかたちが目に入った。まるみの向こう側にたいらな部分があって、その上に球型船のシルエットがいくつか見える。アンティは息をのんだ。いま見ているものは現実か？　あれは本当に、ずっと行方不明だった存在なのか？　巨大な船体の下部には赤道環がふたつあるが、それが見えたのは最初だけだった。しずかに浮かぶ物体へと、《ギフォード》が〝上〟から……宇宙空間における位置関係をそう表現してもいいなら……近づいているためだ。二重赤道環を持つ船体の中央付近にある突出部が視界に入ってきた。エプロンだ。その上に直方体や立方体がある。遠くからだとちっぽけに見えるが、実際は巨大な構造物だろう。

もう疑いの余地はない。シドは喉が詰まったように感じ、目に涙があふれた。かれはテラナーではない。外に見えるこのしろものとは、本来なんの関わりもないはずだ。銀河系諸種族が親しみをこめて〝子をはらんだ二枚貝〟と呼ぶ巨大スープ皿は、テラ技術の産物なのだから。それでもアンティの胸は高鳴り、心臓が喉まであがってきそうな気がした。

何度この船は銀河系に生きるすべての者の禍福をかけて、最前線で戦ってきたことだろう！　ひそやかな嫉妬や些細《ささい》な口論が銀河系諸種族を分断していた時代は、もう過去のもの。あの〝スープ皿〟はたしかにテラの産物ではあるが、まずなによりも銀河系の自由のシンボルなのだ！

シドは涙を拭《ふ》いて、振りかえった。やはり思ったとおり、そこにはエグリュー・ハヴァードがいた。目を輝かせて、かれにこう訊く。

「満足した？」

「《バジス》だったんですね」シド・アヴァリトはそれしかいえなかった。

2

「ハンター連中には手を焼かされる」長身痩軀《そうく》の男がいった。その顔からは緊張が消えて、おちつきと自信があらわれている。「どうも、ここでなにか重大事が起こるとウィンダジ・クティシャが気づいたようだな」

男は大きな馬蹄《ばてい》形コンソールの内側にいる。制御スタンドのあちこちで表示装置が光っているが、気にもとめない。

話しかけられた相手は、最初はなにもいわず、コンソールのかたすみをぼんやり見つめていた。どうやら、いま聞いた言葉についてじっくり考えをめぐらせてから返答しようと決めたらしい。こちらの男はじつに風変わりな格好をしていた。何年も前から着ているような黒いタートルネックのセーターに、同じく古びたコーデュロイのズボンをはき、その裾《すそ》を丈のみじかいブーツに突っこんでいる。見たところ中年にさしかかっているが、最新の移植術を使ってはげ頭をどうにかする気もなさそうだ。そのおかしな服装のきわめつけは、染みだらけのすりきれた上着だった。

この男を注意深く見つめると、その両手が鈍いブルーのオーラをまとっているのがわかるだろう。さらによく観察すれば、両手が透明に見えるような気がするはず。人呼んで"ギルリアンの手"だ。五十年以上前のラボでの事故がきっかけで、かれはこの手を持つようになった。

「ハンターに関しては、直接の危険はありませんよ」いっぷう変わった服装の中年男はようやく応じた。「やつらが十名かかってきても、こちらのほうが優勢ですから。ただ、ウィンダジ・クティシャがわれわれの行動を嗅ぎつけたというのは安心できませんな。エンザとノックスが早いところ解決策を見つけてくれるといいんですが」

「ともかく、こちらにはいまパラテンサーがいる」長身痩躯で黒髪の男が言及する。

「あのふたりがハンターを排除したのには驚いた」

「いったいどうして、あんなことができたんでしょうね。パラ露があるだけでディアパスとテレキネスのあいだに連結作用が生じるなんて、予想だにしませんでしたよ」

黒髪の男は軽く顎を引き、コンソールのななめ上あたりに目をやった。

「なにかわかったことがあるか、ハミラー?」と、船載ポジトロニクスにたずねる。

「それについては情報がございません、ミスタ・デイトン」ハミラー・チューブがいつものごとく、あらたまった口調で答えた。「考えられるとしましたら……」

「くだらないおしゃべりはやめろ」と、だれかの高い声が割りこんできた。「わかりきった話じゃないか。パラ露がどういう作用をもたらすかなんて、まだなにひとつ解明できていない。それを前提に考えないと」

ふたりの男は顔を見合わせた……そう、《バジス》の保安部チーフであるガルブレイス・デイトンと、現在も船長をつとめる七十三歳のウェイロン・ジャヴィアである。

「すこし前からこうなんです」ジャヴィアは首を振り動かした。「ハミラーがふたつの声を使いわけているとは思えない。だれかべつの者が発信しているのでしょう」

「もうひとつはだれの声なんだ、ハミラー？」デイトンが訊き、視線をふたたびコンソール上方の空中に向ける。そのあたりから、ハミラー・チューブと〝口やかましいパートナー〟の声が聞こえるのだ。

「わかりません、サー。わたしにわかるのは、かれが忍びこんできたことだけで」ハミラーの答えだ。「思いだしていただきたいのですが、一年前までわたしは……」

「きみの短所はしゃべりすぎることだな」もうひとつの高い声がさえぎった。「わたしがきみを支えているんだ。それを忘れるなよ。あと、わたしの正体は時がくればわかる」

「そういうことです、サー」ハミラーがつけくわえる。不当な運命をしかたなく受け入れるといいたげな響きだ。

「ハミラーがさっきなにをいいかけたか、わかった気がします」ジャヴィアが告げた。

「シド・アヴァリトとティルゾの奇妙な共同作業について説明がほしいなら、アンブッシュ・サトーのところに行けということでは」

「かれと、そのおかしな〝弟子〟のところにか」と、デイトン。「どうもわたしには、弟子のほうが師匠より事情通のように思えるのだが」

「どこからあの人物を連れてきたのか、知りたいものですな」ジャヴィアがうなずいた。

＊

まるで魔術師マーリンじゃないか！

その老人をはじめて見たとき、ウェイロン・ジャヴィアがいだいた感想だ。老人は数カ月前から《バジス》に乗船している。どこからきたのか、だれも正確には知らない。だれかが連れてきたのかもしれないし、どこかで着陸作戦をおこなったさいに地上車でこっそり乗りこんできたのかもしれない。不思議なのは、だれもその素性を本人にあえてたずねようとしないことだった。かれには好奇心からあれこれ詮索する気を失わせるような圧倒的な威厳がある。つねに親しげで協力的で……だれかが〝人好きのする〟といったもの。これで、老人は船内における重要人物というステイタスを裏書きされたのだった。

とはいえ、それにはアンブッシュ・サトーがこの老人をたちまち受け入れたことも、ひと役はたしたといえよう。《バジス》における超現実学者サトーのポジションは非常に特殊だった。かれはあらゆる船内規則の枠外にいる。おのれの世界に生きているのだ。〝いくつかの〟世界だと主張する者もいるほど。

ふつう、一宇宙船の乗員に関しては、それが危険な任務を帯びた船ならばなおのこと、詳細なデータが名簿に記載されているものだ。だれにも役割があり、その他大勢というのは存在しない。なによりも、だれかがこっそり船に忍びこみ、どこからきたのか、どこへ行くのか、目的はなにかと問われて説明を拒否することなど、考えられない。

ただし、そのだれかが超現実学者の庇護下にある場合は話がべつだ。ほかの者なら即座に規律違反となるところでも、アンブッシュ・サトーは大目に見てもらえる。そんなわけで、ペレグリンと名乗るこの老人もまた、《バジス》では同じあつかいを受けていた。

ペレグリンは背が高く痩せていて、姿勢がいい。真っ白な髪が肩まで伸び、同じく真っ白な髭《ひげ》は胸にとどく。ぼさぼさの眉毛も白だ。白髪のため老人だと思えるのだが、その動きや話し方や、なにより態度が若々しい。興奮すると濃褐色の目に光が宿り、心の内に燃える炎が噴きだしてくるかに見える。明るい色の肌は染みひとつないが、右目の下にだけ、まるいほくろがひとつ目立っている。

老人はキモノに似たチャコールグレイの衣装を身につけていた。素材は絹のような光沢があり、繊細な模様が入っている。よく見ると、それは銀河系の歴史的場面を表現したもののようだ。ウェイロン・ジャヴィアはマントに似たこの衣装を見たとき、老人の威厳あるたたずまいや白く長い髭と相《あ》いまって、最初に述べたような感想をいだいたのである。さらに、こうつけくわえた。〝あと、とんがり帽子と魔法の杖があれば、アーサー王のおかかえ魔術師そのものだ！〟

一方、ペレグリンの〝庇護者〟アンブッシュ・サトーは非常に小柄な男だ。東洋系の出自であることをかくそうとせず、祖先が数千年前に着ていたような衣服を身につけている。超現実学者を自任しているが、超現実学というのはかれ自身が打ち立てた学問だ。最初、その理論はほかの分野の科学者たちから冷笑され、ときには軽蔑の目を向けられたもの。しかし、サトーはローランドレの関門の前で、あるいは深淵の地にある創造の山で、自身の知識をもとにみごとな働きをし、決定的な役割を演じた。以来、冷笑していた者は真剣に接するようになり、軽蔑していた者は沈黙したのである。

ペレグリンはといえば、超現実学者と会った最初の瞬間から、かれの研究に非常な興味をいだいていた。いくつか刺激的な提案をして超現実学への理解をしめし、サトーをいたく感動させたもの。そのときからペレグリンは超現実問題に関してサトーの助手となったのだ。しかし、船内のだれも気づかなかったが、おかげでサトーは夜も眠れなくなってしまった。かれは心底まじめな男で、名誉欲やうぬぼれとは無縁である。超現実学に関して、助手のほうが自分よりよく理解しているようだと感じることが何度もあったとはいえ、それを認めるのはかれにとってむずかしくはない。そのせいで眠れないわけではなかった。かれはむしろ、自身で編みだした分野に関してなぜほかの者が自分よりよく知っているのか、それを説明できないため悩んでいたのだ。

年月がたつうち、サトーは巨大船の奥深い場所に引きこもるようになっていた。乗員がおもに行き来する場所から遠くはなれたところ……種々のラボがならんでいるセクションで研究にいそしんでいる。いまは《ギフォード》からのデータ解明にとりくんでいた。そこへ、ペレグリンがやってきた。超現実学者がヴィデオ・スクリーンでデータを確認するのをしばらく観察していた老人は、やがてこういった。

「パラ露のもたらす力は、異なる現実平面において仲介役をはたすベクトル量子と関係がある。シド・アヴァリトとティルゾの体験は、その関係にあらたな洞察をあたえるものだな」

アンブッシュ・サトーは作業の手をとめて目をあげた。あわてたり驚いたりしたようすは見せない。内心は驚いたのだが、それを賢者の冷静さでおさえこんだ。褐色の目で白髪の老人を見つめ、

「ということは、シドとティルゾの体験に超現実が関わっていると思うのですね？」

「わたしには……うむ、わたしはそう考えている」と、ペレグリン。

　サトーは、かれが最初〝わたしにはわかっている〟といいかけたような気がした。最後の瞬間に訂正したのではないか。

「つまり、ハンターの死もべつの現実平面で起こったことだと？」

「そうだ。パラテンサー二名がたがいの能力を組み合わせるなど、パラ露の力だけでできることではない。ハンターの船内で起こった制御プロセスはすべて、超高周波ハイパーエネルギー、すなわちプシオン・エネルギーの影響を受けたもの。これのせいでパラ露のもたらす力に転換作用が起こった。その結果、現実変位が生じたのだ」

「非常に納得のいく説明ですね」サトーが賞讃する。「とはいえ、わたしが知りたいのはそこではありません。ハンター船の破壊がべつの現実平面で起こったのだとしたら、なぜそれがこの、われわれの平面で現実になりうるのか？」

　この問いにペレグリンは反問で応じた。

「ふたつの異なる現実にいるふたりの男を区別するには、どうしたらいい？」

「じつにかんたんですよ。超現実というのは並行宇宙の断片です。複数の並行宇宙はストレンジネス値によって区別できる。つまり、それを測定すれば解決するわけで……」

「きみの測定機器は感度が充分かね？」

　サトーは目をあげた。半秒ほどのあいだ当惑したようすを見せ、

「いまは、まだそこまでは」と、答える。「いずれそうなるとは思いますが」

「ならない」

超現実学者は反応できずに、目の前の相手を見つめた。

「たしかにそういいきれるのですか?」と、硬い表情で訊く。

「いいきれると思っている」ペレグリンは答えた。確固たる自信があるのに、そう見せまいとしているようだ。

「わたしもそう考えたことはあります」サトーが白状する。「ストレンジネス値の差異があまりにちいさいため、確実に証明できない場合がままあると」

「そのとおり。超現実学論は修正の余地がある。むろん、古典的量子力学理論のようなもので補足しないと。わずかな差異を比較するというレベルにおいて、確実なことはなにもない。ただ推測があるのみだ。ハンター船の破壊がこの現実平面で起こったのか、あるいはごく近くにあるべつの現実平面で起こったのか、確言はできない。だったら、それを質問しても意味はない。これに関する議論は、皇帝の髭についてあれこれいうのと同じで、つまらぬ論争だ。かつてそういうことがテラで実際にあったというが」

「わたしの文化圏ではないな」サトーは首を振り、長いこと考えこんでいたが、最後にはこういった。「超現実学論を量子化する……そんなことが、本当にわたしにできるのでしょうか?」

ペレグリンはほほえんだ。

「アインシュタインもまた、相対性理論を量子化する必要に迫られたのだ」と、なぐさめるようにいう。

「そうですね。でも、かれはもういない」

サトーは立ちあがり、数歩行ったりきたりしてから、スクリーンの前に立ちどまった。数分前に確定したデータがまだ表示されている。かれが手で空中をはらうようにすると、視線スイッチが反応して映像が消えた。

「《イルサー》はどうなりました？」と、たずねる。

ペレグリンは無言のまま、相手が話題を変えようとしていることに気づいた。《イルサー》というのはソトの護衛部隊の小型艇で、エネルプシ・エンジンを搭載している。すなわちＧＯＩのパラチームが冒険のすえに手に入れた戦利品で、すこし前にビッグ・ブラザー《バジス》に引きわたされた。エネルプシ・エンジンの技術面での秘密が、巨大船のラボで解き明かされるものと期待されている。

「成果をあげている」と、ペレグリン。「いずれ、きみのもとに概略をとどけることができるだろう」

「すばらしい。あとは、われらが天才二名の協働によって調査が完了し、作業にかかるときを待つばかりだ」

気むずかしげなアンブッシュ・サトーがこれほど溌溂《はつらつ》として見えることはあまりない。

にわかに機嫌がよくなったようだ。

＊

その日の朝、彼女が無愛想だということはノックス・カントルにはすぐにわかった。船内生活で定義されている〃朝〃なので、その時間から照明がふたたび最大出力になるということだが、そんな朝に彼女はときどき気まぐれから喧嘩腰の態度になる。おそらく、よく眠れなかったとか、悪夢をみたとかいうのだろう。彼女……エンザ・マンスールと知り合ってノックスは二年になるが、この態度については最初のころと同じくいまも謎だ。毎朝、きょうのエンザはどういう気分だろうと内心で不安になる。〃くっついていいわよ〃というムードならば、自分は《バジス》でいちばん幸福な男だと思えるが、彼女が冷たくて打ち解けないようすだったり、きょうみたいに不機嫌だったりすると、つらくみじめな気持ちになるのだった。

ヴィデオ・スクリーンにはデータが長々と、寺院廃墟の正面玄関にある柱のごとく羅列されている。ノックスはうんざりしながらそれに目をやり、深々とため息をついた。そんな気分だから。こんなときに言葉は無用だと経験上わかっている。ため息をつくのが、自分の苦悩を表現する唯一の方法なのだ。

エンザがそれを聞きつけ、実施中の作業から目をはなしもせずにいった。

「またきょうも悩みごと？」

その口調だけでも心をさいなむのに充分だった。なんていいぐさだろう！　かれの苦悩に反応しつつ、それをすこしも意に介していないと表明するのに、これ以上うまいい方があるだろうか。

「いつもよりひどいわけじゃないよ」と、打ちひしがれて応じた。

エンザが頭をもたげた。ブロンドのショートヘア。その下の顔に怒りが見える。

「いいこと、ノックス・カントル。あなたがまたそんなふうにいうなら……」

そこでノックスがだしぬけに立ちあがったので、エンザはすくんだ。かれは自分にいいきかせる。男らしくやれ、ノックス。

「やめよう」と、きっぱりいった。「わたしの悩みにつきあわせて退屈させる気はない。どうやら、きみの感情スペクトルはまたご機嫌ななめの極致にあるようだからね。わたしにできるのは、その針がいつか反対側に振れるのを待つことだけさ。ただ、そんな険悪ムードのときだって、われわれ、せめて建設的な作業くらいできるんじゃないか」

だれがこれを聞いてもノックスの傷心がわかるだろう。しかし、エンザ・マンスールには通用しない。彼女にわかるのは自分の気分だけだ。悪いのは自分だと知っている。でも、それを認めたくない。自分には無愛想になったり喧嘩腰になったりする権利があるのだ。その権利は断固として守る。

彼女は褐色の大きな目をきらりと光らせ、同じく立ちあがった。

「あなたって、いつもそう。虫の居どころが悪くなると……」

「最新の測定結果の十字相関関係を出してくれ、エンザ」ノックスがおだやかな声でさえぎった。内心は煮えくりかえっていたが、表向きはあくまで冷静だ。中背、細身のスポーツマンタイプで、骨張った顔ではあるものの、その表情はつねに親しみやすい印象をあたえる。「スイッチ操作の誤りをわれわれですぐ特定できないなら、本当にミュータントにやってもらうことになるぞ」

女の口がふるえる。そのやわらかく揺れる唇を、よくノックスは夢にみたものだ……心が平穏なときには。

エンザはなにか辛辣《しんらつ》なことをいいかけたが、最後の最後で理性が勝った……たとえこの瞬間、心のなかでは興奮のあまりあれこれ言葉を発していたとしても。ノックスが話題を変えてくれてよかったのかもしれない。こうした口論の行きつく先はわかっていたから。

彼女は合成素材の軽コンビネーションを両手でなでた。決意をしめすしぐさだ。

「相関関係はこれまでと変わらない」と、ひと言。「ところどころ〇・六に達している値《あた》いもあるけど、あとはだめ。ただ、ひとつだけ突出したピークがある。〇・九。これに集中したらどうかしら」

エンザはそれまで作業していたコンソールのキイに指を滑らせた。ヴィデオ・スクリーンのそばにもうひとつ、データの柱が出現。さっき話に出た十字相関関係がダイヤグラムとして表示され、それに符合するカーブが蛇行する川のように不規則に流れていく。通常値から左右にそれぞれ〇・五ずつずれたかたちで波形になっているが、ダイヤグラムの右はしに一カ所、明らかに飛びでたところがあった。エンザがいった〇・九のピークだ。

「高周波スペクトルの極限値か」ノックス・カントルが考えこむ。

「つまり、高周波を用いて作業すればもっと成果があがるかも」エンザのコメントだ。

「新しいオシレーターが必要だ」

「あと十個よぶんに作動させることになる。これ以上をめざせばハミラー限界に達してしまう」

「さらなるエネルギーの浪費だな」ノックスは歯嚙みして、「いまも船内で最高性能のマイクロ・ジェネレーターを使っているっていうのに」

「最高性能のマイクロ機器でも、その原理で製造されたものではないわ。いま必要なのはあらたな製品よ」

「ハイパートロン吸引装置か」

「ミニチュア版のね。それができたら特許をとれるけど。そんなもの存在しないから」

ノックス・カントルは自分のシートにもどり、沈んだ面持ちですわりこんだ。かれらはここまでの会話にほとんど時間をかけていない。まるで完璧に暗記した文章をそらで読んでいるかのように。ふたりともその場で考えを口にしているだけなのだが、ほかの者が数時間、場合によっては一日かけて頭を悩ませるような問題を、一分もあれば議論しつくせるのだ。

これこそがマンスール＝カントル・チームの、いまでは公然となった秘密だった。どちらかが発した言葉がもう一方の刺激となって思考をうながす……この種の共同作業は〝シナジー〟と呼ばれる。ノックスもエンザも、それぞれ単独では平凡な一科学者だが、ふたりいっしょだと天才になるのだ。この相乗作用が超能力に分類されるものか、人間がたがいに影響し合った結果のきわめて意味深いケースにすぎないのかは、まだわからない。最初のころの分析では、エンザとノックスのあいだにシナジーが起こるのは専門的内容に関わる場合だけということだった。プライヴェートな関係となると、ふたりはうまく合わせることができずにいる。

「いまは時間がない」と、ノックスがきっぱりいった。「エスタルトゥからの艦隊が数日中にもあらわれるだろうから」

「そのためにミュータントを呼んだんでしょう」と、エンザ。

「ミュータントじゃない。パラテンサーだ」ノックスが訂正する。

「なんでもいいわ」エンザはむっつりといった。

「肝心なのは、かれらがスタンバイしてるってことよ」

＊

「ソトム作戦については知っています」シド・アヴァリトが早口でいった。

ウェイロン・ジャヴィアは痩せたアンティをじっと見つめてうなずき、「そうだな」と、応じた。「きみも参加したのだから。おかげでGOIは、ソト＝ティグ・イアンが力の集合体エスタルトゥからの援軍を待っているという情報を得られた。ソトはイーストサイドへの攻撃をもくろんでいる。これ以上、ブルー族の不服従をほっとくわけにはいかんからな。かれらは十五年前からずっと、恒久的葛藤の教えを受け入れまいと拒んでいる。ブルー族の影響がおよぶ範囲にウパニシャド学校はひとつもない。こうした例がひろまることを、スティギアンは恐れているのだ。だから行動しなければならないが、自分の力でどうにかできるとは思っていない。なんといってもブルー族の大国家は第一級の勢力を誇るのだし、ギャラクティカムを怒らせるのもまずいからな。ブルー族はギャラクティカムに議席を持っていて、発言権もある。そこで裏口を使うわけだ。エスタルトゥからの援軍がブルー族をしたがわせることに成功したら、かれは弁解できる……この攻撃は自分がやらせたのでなく、超越知性体エスタルトゥ自身の指示なのだと」

「超越知性体はとっくに姿を消しているのに」ティルゾが割りこんだ。

「らしいな」と、ジャヴィア。「こちらの情報でもそうなっている。しかし、十二銀河帝国の住民たちはエスタルトゥの失踪を知らないか、まだ存在するものとしてふるまっている。だがとにかく、ソトが世間に対して使っている戦略的手口はどうでもいい。われわれにとって重要なのは、ブルー族を蹂躙《じゅうりん》する任務をスティギアンに課せられた艦隊がエスタルトゥからやってくること。この艦隊が秘密兵器をそなえていることもわかっている。ソトは〝ブルー族がかんたんには拒めないような贈り物をする〟と、書類のなかで記していた。

こうした情報がソトム作戦のあいだにもたらされたわけだ。われわれの使命は、エスタルトゥからの艦隊が出動宙域に入る前に阻止することと、秘密兵器を無力化すること。そのためにきみたちにきてもらった」

ティルゾとシドは顔を見合わせた。ブルー族の目が白く曇っている。非常に驚いているしるしだ。

「それはかなりとんでもない計画だと思います、船長」シド・アヴァリトがいった。

「GOIの宇宙船がたった一隻でエスタルトゥからの一艦隊に挑む？　いうまでもありませんが、秘密兵器がどういう類《たぐ》いのものかも、まるでわかっていないんですよ」

「まったく見込みのない作戦に思えるだろうな」ジャヴィアは認める。「だが、このあいだにいくつかわかったことがあるのだ。いずれ教えよう。われわれの計画において、きみたち二名は重要な役割をはたすことになる。くわしくはエンザ・マンスールとノックス・カントルが説明するだろう。うちの天才ペアだ。きみたちはとりあえず、このふたりと行動をともにしてくれ。ノックスとエンザがいうには……」そこでクロノメーターに目をやり、「二時間後に情報交換したいそうだ。かれらのいうことをよく聞いて、判断してほしい。どうなるとしても結論は同じ。われわれ、計画したことはやりとおす。ほかに選択肢がないのだ。たとえ成功のチャンスがわずかだとしても、チャレンジしないと」

ジャヴィアの真剣な口調はまちがいなく、ティルゾとシドに強い印象をあたえた。シドがうなずく。テラナーから学んだしぐさだ。

「われわれ、期待にこたえます」と、アンティ。「ただ、猶予があと二時間あるなら、この十二年間《バジス》がどうしていたのか話してもらえませんか、船長？　あなたがたは局部銀河群から逃亡したと聞きました。グルエルフィンかM‐87か、どこかしらへ飛び去ったと。その老兵が突然またあらわれたのだから、だれだって驚きますよ」

ジャヴィアはふっと笑みを浮かべた。ここ数年の記憶はまだ色あせていないようだ。「たいして語ることもないのだ」と、はじめる。「この数年は苦労の連続だった。冒険的な要素はほとんどない。《バジス》が銀河系で最高の装備をそなえた宇宙船だということを、スティギアンは知っていた。エンジンはすこし前にメタグラヴに換装されたし、熟練の乗員と比類なき専門家集団がそろっているからね。かれはこの船を格好の例にしようとした。《バジス》にエネルプシ・エンジンを搭載することを、LFTに提案してきたのだ。そうなればむろん、メタグラヴ・エンジンは撤去しなくてはならんし、知識を持つ新しい要員も必要だ。その多くが法典忠誠隊から選ばれることになる。

政府はそっぽを向いた。銀河系のどんな技術者も科学者も、みなエネルプシ・エンジンを間近に見て研究できるチャンスを待ち焦《こ》がれてはいたのだが、そもそも法典に忠誠を誓っていない者に、エンジン・システムを研究するチャンスを新しい要員があたえると思うか？　まずありえない。《バジス》が強制的に受け入れる技術はソトの側近しか理解できないことになるだろう。おまけに、エネルプシ・エンジンをあつかえる者は、法典忠誠隊のなかでさえわずかしかいない。それは例外なくプテルスだ。

テラでは、ソトに対して〝いえ、結構です〟といいたかったはず。だが、それはスティギアンをないがしろにすることになるのでできない。そうこうするうち、全銀河系のなかからソトに目をつけられたガルブレイス・デイトンが《バジス》の保安担当になった。デイトンとわたしはLFTを苦境から救おうと決めた。船を発進させ、姿を消したのだ。《バジス》は局部銀河群から遠ざかったと、意図的に噂を流してね。うまくいったよ。われわれが放浪の旅に出た最初の数年は、追っ手もこなかったから。

これほどの規模の船があてもなく宇宙空間をさまようことはありえない。それは最初からわかっていた。われわれは、自分たちで決めた任務を遂行することにした。ソト＝ティグ・イアンがなんとしても銀河系諸種族の発展を阻みたいと考えているのは明らかだ。〝わたしがエスタルトゥのすばらしい産物を分けあたえるのだから、自分たちの独自技術など必要あるまい？〟というのがモットーだからな。だが、独自の研究や開発を放棄したなら、銀河系はますますスティギアンとエスタルトゥの複合体に依存するしかなくなる。というわけで、《バジス》は銀河系じゅうをくまなく行き来し、著名な技術者や科学者を集めてまわった。いずれもソトの軛《くびき》から逃れたい者たちばかりだ。

最初のころはまだ追われていなかったので、こうした行為も危険は比較的すくなかった。だが時がたつにつれ、スティギアンは計略を見破りはじめる。何者かがいかさまをしていると気づいたのだな……その正体がわれわれだとは、おそらく知らなかったはずだが。なにしろ、かれがじゃまに感じて影響力を奪いたいと思っていた科学者が次々に、奇妙な状況で姿を消すのだから。もちろん、なにが起こっているかわかったはず。かれが捕まえたいと思っているだれかが、技術的・科学的に力のある組織を築く気だということ。それはいつか、かれにとって危険な存在となるだろう。

われわれはいまでも、あらゆる分野の専門家を探している。ただし、慎重にことを進めなくてはな。いまのところ、自分たちがしてきたことを恥じてはいない。《バジス》は空飛ぶシンクタンクなのだ。といっても、ただ思考をめぐらすだけじゃない。開発もおこなっている。きみたちもエンザやノックスとの共同作業で、その成果を目にするだろう。

ちなみに、《バジス》を去った乗員たちもいる。大部分は星々への強い憧れにとらわれたのだ。いまはスティギアンが宇宙標識灯に点火して銀河系をプシオン性ネットで封鎖してしまったから、ここにヴィーロ宙航士はこなくなったが、近隣銀河にはまだヴィールス船がいる。なつかしい乗員の多くは、アンドロメダや三角座銀河やマゼラン星雲などへ冒険の旅に出たことだろう……ヴィールス船で。

さて、そうこうするうち、有機的独立グループGOIが設立された。本気の抵抗組織らしいと知って、われわれはかれらとコンタクトし、《バジス》はGOIの傘下におかれた。この船ではGOIのもとめに応じて、かれらが緊急に必要とするものをすべて科学的・技術的に研究開発している。だから《バジス》は〝ビッグ・ブラザー〟と呼ばれるわけさ。べつに大きさが理由ではなく」

そこでジャヴィアは口をつぐんだ。最後は考えこむような、悲しみを帯びた声音《こわね》だった。いまの話がどこか、かれの心の琴線《きんせん》に触れて痛みを引き起こしたようだ。シドはそれに気づいたが、なにも訊きはしなかった。それよりも関心はほかにある。

「ソトは《バジス》の行方を追っているのですよね」と、言葉を発した。「でも、いまのところは成功していない？」

「われわれが知るかぎりでは」

「申しわけないのですが、船長。どうもそれは条件つきでいっているように聞こえます」

ウェイロン・ジャヴィアは居心地悪そうな顔をして、

「聞いてくれるか、友よ」と、いった。「まず、〝船長〟はやめてくれ。名前で呼んでほしい。次に、条件つきということに関してはそのとおりだ。この船には慎重に保管されたパラ露の備蓄がある。それがすこし前、数キログラム消えたのだ。だれがどうやって保安システムをかいくぐったのかわからないが、船内のどこにもないのはたしかだ。数日前に最後の配達をしてもらってから運搬船とはコンタクトしていないし、惑星に着陸したのは一度きりで、そこに知性体はいなかった。乗員もみなそろっていて、欠けはない。これがなんらかの破壊工作なのか、無害な出来ごとなのか見当がつかず、われわれはとほうにくれている。それ以来、保安担当のガルブレイス・デイトンは眠れぬ夜をすごしているよ」

「だれもわたしの話を聞かないな」と、甲高い声が割りこんできた。会議室の壁のどこかから聞こえてくるようだ。「わたしはずっといっているだろう。泥棒と考えられるのは、アンブッシュ・サトーといっしょに作業しているおかしな老人しかいないと。あの男は最初から信用できない」

ティルゾとシドはびっくりして顔を見合わせる。

「だれの声です？」と、シド。

「ハミラー・チューブの〝共同経営者〟だ」ジャヴィアがうんざりしたようすで答えた。「どうやってか知らないが、いつのまにか忍びこんでいた。気にいらないことすべてに口出ししてくる」

アンティは非常に驚いたが、ジャヴィアがそれ以上なにも説明しないので、質問はしなかった。

パラテンサー二名は船長のもとを去り、ノックス・カントルとエンザ・マンスールとの待ち合わせ場所に向かった。その途中、シドは話に出た老人について質問すればよかったと思いついた。アンブッシュ・サトーのことは聞いている。ただ、この超現実学者は一匹狼だといわれていた。それがだれかといっしょに作業していることは、おそらく《バジス》の乗員以外はだれも知らないだろう。よし、こんど機会があったらジャヴィアにたずねてみよう。

そのジャヴィアはというと、パラテンサーと話し合っていたデスクにまだすわったまま、あらぬところを見つめていた。みずからの言葉で思いだした過去の記憶をたどっていたのだ。

「あのふたりに心の思いを打ち明ける気はなかったのか？」と、壁から声がする。

「かれらには関係ない」ジャヴィアは答えた。「これはわたしの個人的な問題だから」

十二年前、星々への強い憧れにとらわれた者のひとりに、かれの息子オリヴァーがいる。〝悪童オリー〟とあだ名で呼ばれていた子供もすでに二十八歳になり、遠い銀河の星々をめざす冒険の旅に出たいと、何週間も何カ月も夢中で語っていた。そしてある日、船がアルコンの一植民惑星に着陸したさい、オリヴァーだけ帰ってこなかった。姿を消したのだ。捜索は数時間つづけられたものの、結局見つからないまま、《バジス》はその惑星を去るしかなかった。

それ以来、オリヴァーの行方はわからない。きっとどこかのヴィールス船とコンタクトを試みたのだと、ウェイロン・ジャヴィアは確信している。父親としては、それがうまくいったことを願うばかりだ。オリヴァーは父に別れを告げることもなければ、一度だって連絡もよこしてこない。それがジャヴィアの心をさいなんでいた。あと数年たたないと、この傷は癒えそうもない。

3

「ここはスティギアン・ネットの糸だらけだ」ティルゾがいった。「いわせてもらえば、とても安全とは思えないな」

ブルー族のようすは奇妙な感じだった。実験船《イアヌス》の制御室にならんだシート列のひとつに背をまっすぐにしてすわり、すべての目を閉じて、まるで降霊会での媒体になったような単調なしゃべり方だ。

「わかっている」ノックス・カントルが応じた。「よく目をみはってプシ走査機の表示を観察すれば、それが見えるから」

「わたしは自分の力だけで見ることができる」と、ティルゾ。

だが、そこで目を開けた。右手に光るパラ露ののこりを、コンビネーションに多数ついたポケットのひとつに滑りこませる。

プシ走査機の表示とは、探知装置のデータを大スクリーンにうつしだしたようなものだ。シド・アヴァリトもすこし前からそこに注目していた。明るいグレイの背景に、スティギアン・ネットのエネルギー性の糸……エンザとノックスは略して〝スティギ糸〟と呼んでいる……の流れがはっきりしめされている。あとこの映像にたりないのは、奥行きと規模だ。ここでスティギ糸がどれほどの宙域を占めているのか、この映像から判断するのはむずかしい。

「もっとよく見えたぞ」しばらくスクリーンを見つめていたティルゾがいった。「なによりもまず、この宙域に星系がひとつあるのが見える。惑星は四つだ」身を乗りだして腕を伸ばし、スティギ糸が何本か絡まり合っている一点をさししめした。「ここに天体がある。プシオン・エネルギーの一部を反射するのでわかった」

「いい観察力ね」エンザが賞讃した。「まさにそれが理由で、ここを実験宙域に選んだのよ。ステュクス星系のまわりにスティギ糸が四本まじわっているから、好都合なの。かたい地面の上で実験できる」

「走査映像はいま作業中だ」と、ノックス・カントル。「プシ走査機のデータは、かんたんには処理できない形式で出てくる。いまはまだ二次元の画像しかできない。数日後には探知データと連携したもっといい映像が手に入るだろう」

「場所が固定された実験施設というのは、よけいなリスクをかかえることにならないかな？」シド・アヴァリトは考えこんでいる。

「機動性に劣るという意味でか？」ノックスが訊きかえした。「たしかにそうかもしれないが、これまでソトの手下がこちらの活動に気づいたと思われる根拠はない」

シドは驚いて顔をあげた。

「スティギアン・ネットは、ハンター旅団の宇宙要塞フェレシュ・トヴァアルがつねに監視しているんだぞ。ステュクス近傍にそうした要塞は存在しないのか？」

「われわれの知るかぎりは」ノックスの答えだ。

「きみたちの知るかぎりは？」シドはしだいに憤慨してきた。「そもそも、きみたちはなにを知っているんだ？　この宙域にあるフェレシュ・トヴァアルの座標をすべて把握しているとでも？」

「すべてではないが」

シドは疑わしげに目を細めた。いま聞いた言葉が気にいらないようだ。

「だったら、うまくいくよう祈るしかないな」と、応じる。「作業中にソトの部隊から肩ごしに見られていると思ったら、いい気分じゃないがね。どの惑星を選んだんだ？」

「ステュクス四」と、ノックス。「環境条件が理想的だから」

「ステュクス四」シドはくりかえし、「固有名はないのか？」

「サガポーよ」すかさずエンザが答えた。まるで、その質問を待っていたというように。

彼女が顔を赤らめたことにシドは気づいた。おまけに、ノックス・カントルまでそっぽを向くではないか……なんだか、きまり悪いところを見られたくないような感じで。

だがこのとき、テラの古い言語をほとんど知らないシドは、なにがなんだか理解できなかった。

＊

ノックス・カントルのいう理想的な環境条件とは、熱帯あるいは亜熱帯の気候を持つ手つかずの太古世界のことだった。ステュクス四はどこから見ても地球に似ていた。エンザ・マンスールの分類では、動植物相の進化段階から見て〝白亜紀末期から古第三紀の初期〟だという。それ以外には、科学者ふたりもそのスタッフも動植物をくわしく観察してはいない。動物でもっとも頻繁に見られるのは爬虫《はちゅう》類や両生類だとノックスはいった。原始的な哺乳類や鳥類も数種類いる。

実験施設は両側を深い森にかこまれた谷のなかにあった。南北にはしる広大な谷だと、エンザが説明する。谷の北端には、頂上に万年雪をいただく山々がどっしりとそびえて印象的だ。谷に沿って川が流れ、谷底にはヤシやマツの仲間と思われる木々が鬱蒼《うっそう》と茂っている。このジャングルを分子破壊銃で切り開いてつくったひろい空き地に、実験ステーションが建造されていた。《イアヌス》の着陸場所もある。ちなみに《イアヌス》はコルヴェット・タイプの小型艇だ。高性能のメタグラヴ・エンジンをそなえるが、ストリクターは装備していない。

「《イアヌス》はただの輸送フェリーだから」というのがノックスの弁だ。「ストリクターなら下のホールにある」

恒星ステュクスは、かれらのスタート時に《バジス》がいたポジションから三百光年はなれている。同じポジションにもどることになるかどうかは、いくつかのパラメータしだいだ。それによっては、ハンター旅団の動きが重要になってくるかもしれないので。なおステュクスは、銀河系の重力メカニズムによる中心からは千二百光年はなれている。

ノックスの話に出たホールはプレハブ工法による急ごしらえの建物で、高価な機器類を雨風から守る目的のみでつくられたものだった。どこにも防衛手段がない。シドは不愉快な気分だった。科学者たち、ステュクス四がいつまでも発見されないと本気で信じこんでいるのだろうか。

《イアヌス》が着陸する。男女十二人からなるチームのメンバーが機器類の荷おろしと運びこみをするあいだ、エンザとノックスはパラテンサー二名をホールに連れていった。八十メートル×百五十メートルのホールを案内し、自分たちの成果を見せてまわる若い科学者ふたりは、だれが見てもわかるほど誇らしげだ。この大ホールも設備もすべて、かれらの作品なのだから。はるかに先を行くソトの技術に対し、かれらはアイデアだけでとりくんできたのだ。〝ビッグ・ブラザー計画〟とは、とどのつまり異存在の専制から銀河系諸種族を解放し、自由独立をとりもどすためのもの。エンザとノックスは、その計画の人的要素なのである。

それにしても変わったペアだと、シドはこのみじかい飛行中に何度も思った。技術的なことに関するかぎりでいえば、かれらは自信に満ちあふれて、とくに会話のなかでの質疑応答のときなど、相手の披露する専門知識に驚嘆したりしている。ところが、プライヴェートな話になると喧嘩ばかりなのだ。ふたりがたがいに好意をいだいていることは、シドにははっきりわかった。惑星の名前と関連づけてみたから。エンザとノックスはこの惑星に〝サガポー〟という名をつけている。これはたぶん〝あなたを愛している〟というような意味だろう。だが、ふたりとも愛する気持ちをうまく発揮できるような性格やメンタリティをしていない。ひとりはあまりに感じやすく、もうひとりはあまりに無愛想ときている。なんにせよ、とにかく技術に関係ないことを話しはじめたとたん、たちまち口論になってしまうのだった。

ホールの北側のはしに簡素な衝立で区切られた場所がある。そこが実験ステーションの住民の宿舎だ。いちばん安っぽい客船のキャビンよりもせまくるしく、快適さはどこにもない……すくなくとも千二百年、同時代に生きるギャラクティカムの住民が標準的装備としてもとめてきたようなものは。エンザとノックスはこれに関して弁解も謝罪もしなかった。かれらにとってはこれで充分なのだ。ここにはただ作業をしにきたのだから。贅沢するのは……そもそも、それが贅沢だとしてだが……《バジス》にいるときだけでいい。

とはいっても、両パラテンサーにすこし休憩したいかとたずねるくらいの思いやりはふたりとも持っている。だが、そうたずねられて、すくなくともティルゾのほうは、とんでもないといわんばかりに、

「まさか！」と、きっぱり応じた。「仕事しにきたんだ。まずはここにどういう機器類があって、それでなにができるのか知りたい」

シド・アヴァリトのほうは、いずれにせよ相棒の決断にしたがうしかなかった。本当は数時間、眠りたい気分だったのだが。なにしろ、最後に目をつぶって休んだのは《マルエラ》に乗っていたときなのだ。ノックスとエンザはブルー族の労働意欲をおおいに評価した。かれら自身、すぐにも作業にとりかかるつもりだったから。

ホールのまんなかにひとつ、大きな仕切り部屋があった。やはり簡素な衝立でつくられている。

「これがフォーム・エネルギー製なら、もちろんよかったんだが」ノックスが説明をはじめた。「そうすることも当然できただろう。しかし、まずストリクターはものすごく干渉に弱いため、その近くでフォーム・エネルギーを使うのは厳禁なんだ。さらに、フォーム・エネルギー・プロジェクターを導入すれば、数十光年先からでも探知可能な散

乱エネルギーが発生してしまう。われわれ、発見されたくないのでね」と、ぎこちない笑みを浮かべる。

仕切り部屋のドアは手で開けるようになっていた。ここへきてシドにも、このホールの設備が原始的なのは完全に意図したものだと合点がいった。エネルギーを使うのは実験目的のときだけ。ほかはすべて、できるだけ簡素でエネルギーのいらないしくみになっている。こうして発見される危険を防いでいるのだ。

ストリクターは堂々たる外見だが、それ以外はなんということもない箱だった。一辺三十五メートルの立方体で、ベージュとグレイが混ざったような色の物質でできている……それ以上のことはわからない。

「もちろん、いま見えているのは防護のための外殻だけよ」エンザ・マンスールが説明した。「さっきいったように、ストリクターはすごく干渉に弱いので」

「われわれのプシ技術はまだ発展途上なんだ」ノックス・カントルが口をはさむ。「ようやくソトの技術者たちの知識を突きとめはじめたばかりだからね。いまはみな、おもしろ半分にこんなことをいっているよ……ストリクターの近くで咳ひとつでもしたら、数時間は使用不可能になると」

「立方体の外壁だけど」パートナーの言葉につづけてエンザが、「この目的のために開発された独自のポリマーメタルを何層か重ねてあるの。複層構造だから、四次元性の干渉要素はすべてこれが吸収する。高次元性のものには、立方体の内壁にエネルギー・フィルムのかたちで貼りつけたフィールド・バリアが対処するわ」

「ストリクターそのものは、使用エネルギーを超高周波ハイパーエネルギーに変える転換装置と、共鳴装置からできている。共鳴装置はでこぼこのホースみたいな見た目で、らせん状の放射アンテナが十本ついている。このコンソールから操作するんだ」ノックスは立方体の側部に設置された、非常に素朴な印象の箱をさししめした。押しボタンと、固定式の測定器や表示器がついていて、旧暦三〇〇〇年代初頭のしろものに見える。

「制御コンピュータは地下に設置してある」

「コンピュータの作動はポジトロン・ベースよ」と、エンザ。「散乱エネルギーのリスクがあるからシントロンは使えないの。ここにあるのは固定式の機器ばかりで、仮想検出装置は存在しない」

「なにか質問は？」ノックスが訊いた。

「ある」と、ティルゾ。「あそこにあるのはなんだ？」

かれは仕切り部屋の後方の壁をさししめした。そこに、ストリクターの入った立方体と同じ素材でできた物体がひとつある。縦横は五メートル×十メートル、高さは前から見ると二メートルだが、上が明らかになためになっているため、うしろは二・五メートルほどありそうだ。

「パラフレクターよ。まだ実験段階だけど」エンザが答えた。

「これでなにをする?」と、ブルー族。

「実験がうまくいったあかつきには、あちこちで切断したスティギアン・ネットをこれでゆがめられると期待しているんだ。かなり進捗《しんちょく》してはいるが、まだいくつかテストしてみないと」

「ほかにはなにか?」エンザが訊いた。

「ある」と、ティルゾ。「ぜんぶちゃんと機能するのか、ぜひ知りたいね」

＊

照明が落とされて、旧式なコンソールの上にある大スクリーンが明るくなり、ステュクス星系をごちゃごちゃと縦横にはしるスティギ糸がうつしだされた。

エンザ・マンスールとノックス・カントルがみじかく言葉をかわしながら、コンソールをかわるがわる操作する。シド・アヴァリトとティルゾはその両側でシートにくつろぎ、スクリーンの動きを追っていた。

「これから見せるのはデモンストレーションだ」ノックスが説明する。「いまのところ、スティギ糸を切断する必要は生じていないから。ネット・ラインを動くものはなにもない」

「このラインでやってみましょう」と、エンザ。

スクリーン上で、エネルギー・ラインの一カ所が明滅しはじめた。

「ネット・ラインになにもないと、どうやってわかる?」ティルゾが訊く。

ノックスはデジタル数字の列を指さして、

「すべてゼロだ。なにかがあれば、ここに表示される」

「ラインのどのあたりまで見通せるんだ?」

「プシ空間における距離は従来の基準では計測できない。スティギ糸の内部を最高速で動くのはプシ通信インパルスだ。〝超光〟のほぼ十億倍以上で……」

「超光?」

「超光速ファクターのことだよ」と、ノックス。「この速度で三十秒の距離にくれば、プシ通信インパルスをとらえられる」

「個々のラインを表示できるか?」

「これよ」ブルー族の言葉にエンザが応じ、スイッチを操作する。こんどはスクリーンが六つのセグメントに分かれた。各セグメントは三角形のかたちで〝トップ左〟、〝センター右〟、〝ボトム左〟などと識別され、それぞれのエリアにあるスティギ糸には番号がついている。「なにをするつもりなの?」

「独自実験さ」ティルゾはそれしかいわない。

さっき明滅していたラインはセンター左、スティギ系の番号は2だ。

「これをカットするわ」と、エンザ。「ストリクターが強力な集束プシオン・エネルギーを放射することで、スティギ系に干渉を起こす。すると、スティギアン・ネットのその部分が消滅するの。放射がとまれば、ネットはひとりでに修復する。見てて……いくわよ！」

スイッチ、オン。スクリーン中央に光点がひとつあらわれ、外に向かっていくように見えた。センター左2のラインに命中。ラインが切れて隙間ができる。スクリーンでは隙間は二センチほどだ。

「もしいま、スティギ糸のセンター左2を通過するものがあったとすれば」と、ノックス。「プシ空間から標準連続体に追いだされたはずだ。プシ通信メッセージであろうと、エネルプシ船であろうと」

ティルゾは沈黙している。シドが見ていると、ブルー族はポケットに手を入れて、パラ露をひと粒とりだした。どっちが優秀かためす気だな、と、シドは思った。プシ走査機か、それとも自分か。

「ストリクターのスイッチを切る」と、ノックス。

ふたたび光点があらわれ、センター左2の隙間から画面中央へと移動して消えた。ラインの隙間はもうなくなり、センター左2の映像は前と同じになっている。

「わかったかしら?」エンザが訊いた。

「ボトム右1」と、ティルゾ。「そのラインになにかがくる」

＊

ノックス・カントルは混乱した顔でデジタル数字の列を見た。

「そんなはずはない!」と、叫ぶ。「数字はすべてゼロだぞ」

「まだ四十秒あるからだ」ティルゾが目をつぶったまま、きっぱりいった。「プシ通信インパルスにちがいない。画面をボトム右1に切り替えられるか?」

いわれるまでもなく、エンザはすでに切り替え操作をしていた。

「本当だ!」ノックスが驚愕する。「ボトム右1のチャンネルに表示が」

計測装置のデジタル数字が動きだしていた。

「あと二十秒」と、ティルゾ。「プシ通信メッセージがネット・ラインから押しだされた場合、どうなるんだ?」

「プシ通信インパルスが従来のハイパー通信シグナルに変換される」ノックスの声は興奮でふるえている。「われわれ、宇宙空間のそこらじゅうにマイクロゾンデを送出しているから、どれかがメッセージをとらえてこちらの受信機に転送してくるだろう」

「カットするわよ」エンザだ。

先ほどと同じプロセスがくりかえされる。

ラインに二センチの隙間が生じた。

「あと五秒」と、ティルゾ。

いまは目を開けている。こっそり……と

いうよりも、こっそり……パラ露をポケットにもどした。

甲高く鋭い音が聞こえた。ボトム右1の隙間が生じたところで、ネット・ラインの輪

郭が一瞬、ばらばらに砕けたように

なる。

「受信成功」と、ノックス。

「ストリクター、オフ」エンザだ。

「すごいぞ!」ノックスが感きわまったように叫ぶ。「ティルゾ、きみはここにある最

高性能の検出装置より優秀だ」

かれはブルー一族の反応を待つこともせず、一連のスイッチを操作しはじめた。なにを

したかはすぐにわかった。ホールのべつの場所に設置してあるハイパー受信機に接続し

たのだ。スクリーンからスティギアン・ネットのラインの映像が消えて、振動する波形

があらわれる。テキストのコード解読が終わったら、その内容が表示されるはず。

「"ゾティスト"たちはすくなくとも二十種類の情報コードを使ってるの」エンザが説

明する。「しょっちゅう新しい暗号を考えだしている。たいていはデコーダーがうまく

光点がボトム右1のラインに向かい、この

いまは目を開けている。もうディアパシー能力は不要だから。かれはゆっくり……と

やってくれて、なんとか平文になおせるけど」

「おまけに、最新式のデコーダーじゃないんでね」ノックスがつけくわえた。「すでに話したような事情があるから」

シド・アヴァリトはにやりとする。〝ソティスト〟という言葉を聞いたのははじめてだ。ソト主義者か。気にいった。

そうこうするうち、スクリーンに変化が起こっていた。コード解読された文が一行ずつ表示されていく。シドは声に出して読みあげた。

「二一八七から五三へ。技術機器を持って密使が向かう。到着は二十時三十三分の見込み」

思わずクロノメーターに目をやる。《イアヌス》が《バジス》から持ちこんだ時間換算によれば、いまは十六時〇七分だ。通信メッセージに最初ふくまれていた時刻表現を、デコーダーがここで通用する時間に計算しなおしたのだろう。その前提で考えてみる。

「まだゆうに四時間あるということだな」と、シド。「メッセージ冒頭に出てきた数字は宇宙要塞の番号だろう。フェレシュ・トヴァアル五三と二一八七だ。それについて、なにかわかるか？」

ノックス・カントルは肩をすくめて、

「五三は聞いたことがある。どこかこの近く、銀河系中枢部の方向に四百光年から五百光年のポジションにあるはずだ。かなり重要な基地なんだろう。いやでもしょっちゅう耳に入るから」

「もうひとつは？」

「見当もつかない。たぶん、かなりはなれているんじゃないかな。もしかしたら銀河の反対側かも」

「説明されたようなものじゃないか」ティルゾがいう。「なぜ密使が四時間半も前に到着時刻を知らせてきたと思うんだ」

ノックスは当惑したような顔で、こう訊いた。

「ええと……〝まだゆうに四時間ある〟っていったのは、どういうことだい？」

シド・アヴァリトは笑いだした。

「フェレシュ・トヴァアル五三がここからどれだけはなれているか、わかるな。そこに密使が到着することも知っている。ソティストたちの船がふだんどれほど速度を出すかもわかっている。これ以上どんなデータが必要なんだ？　この密使、情報を盆にのせてきみにさしだしたも同然じゃないか」

「それはつまり、密使をスティギ糸からほうりだせってこと？」

「きまってるだろう」

ノックスはまったく興奮したようすもなく、

「仮にそいつをラインからほうりだせたとして、どうやってこっちの支配下におくつもりだ?」と、疑わしげに訊く。

「《イアヌス》を使う。思うに、それほど重武装はしていないはずだ」

「わかった。われわれ、密使をしょいこむわけだな。そのあとは?」

「拘束しておく。で、《バジス》にもどるさい、いっしょに連れていく。かれも、その乗り物も」

「そのあいだ、フェレシュ・トヴァアル五三はどうなる? くるはずの密使がこないとなれば、きっと探しはじめるぞ」

「ありうるな。探したところで見つからなければ、最終的には事故にあったと考えるだろう」

「それはどうだか……」

「あなたはいつも慎重すぎるのよ」エンザ・マンスールがノックスの言葉をさえぎった。

「こんなチャンスはめったにないのに、あなたときたら……」

「わたしはチャンスと責任感の比較考量をしているんだ」ノックスがいいかえす。

もちろん、この反論はエンザにはねつけられた。

「まるで自分だけがここの責任者みたいないいぐさね」と、憤慨する。

「いや、そういうつもりじゃ……」

「喧嘩はやめてくれ」シドがあいだに入った。「もっと重要なことがあるだろう……」

しかし、いったんはじまった喧嘩をとめることはできない。エンザとノックスの会話はすでに技術的・科学的なテーマをはなれ、派手な口論となっていた。シドはしばらくそれを聞いていたが、やがて立ちあがり、ドアに向かった。ティルゾもあとにつづく。

＊

シド・アヴァリトはこの時間を使ってすこし睡眠をとった。それから自動供給装置のところへ行って食事を調達し、気乗りしないまま食べる。サガポー全体にただよう貧乏臭さは、建築上の構造や技術装置類にかぎったものではない。食事の質まですっかりそうなのだ。シドは生来の美食家だが、サガポーでは満足な食事などできないとわかった。まあまあな味のワインを一杯飲んで不機嫌な胃をなだめると、かれはティルゾとエンザとノックスを探しに出かけた。

ふたりの口論はいつのまにか終わっていた……エンザの勝ちで。《イアヌス》は《バジス》への定期報告で、技術機器を持ったソティストの密使を船に連れてくることを伝えていた。《バジス》からとくに応答はないが、プロトコルにしたがえば、この計画に異議を唱える者はいないようだ。

二十時をすこし過ぎたとき、シドは仕切り部屋のなかで三人を見つけた。ストリクターのコンソールを前にしてすわっている。ティルゾはエンザとノックスから、ストリクターの作用機序について細かい説明を受けているところだ。

「ストリクターの影響範囲はその性能によって三光分から十光分までだが」と、ノックスの説明する声が聞こえた。「ここにあるのは最高性能のものだから、十光分まで楽にいける」

「どうやって目標に狙いをつけるんだ?」と、ブルー族が質問。

「ホールの外にあるプシ走査機がスティギ糸の流れをとらえるのよ」エンザの説明だ。

「つまり、処女段階の流れをね。だから、ここステュクス四では把握する必要がない。すべて計測され、記録されるから。プシ走査機はスティギ糸のなかにも〝耳をすまし〟、近づいてくるものが物質か非物質か、三十プシ秒の距離にきたら判断する。スティギ糸をどの部分でカットするかは、ストリクターの操作者が独自に決めて制御コンピュータに伝えるの。それをコンピュータが座標に変換し、アンテナが方向を確定する。これで狙いが定まる。あとはストリクターのスイッチを入れるだけ」

「わかった」と、ティルゾ。「どこで密使を捕まえる?」

「なるべくステュクス四からはなれていないポジションだな」ノックスが答えた。「スティギ糸が切断されると、飛翔体はふつう、光速の十から二十五パーセントという残留速度を保持したまま通常空間に放出される。あまり近くでとらえると、密使の機体は反応できずに惑星地表に墜落してしまうかもしれない。密使を死なせるのはこちらの意図ではない。かといって、あまりはなれたポジションでとらえると、相手に隙をあたえることになる。最悪、《イアヌス》の手を逃れてしまうかもしれない。これも避けたいところだ」

「だから、妥協点を見いだしたの」エンザが補足する。「ステュクス四から十光秒の距離でとらえるわ」

シド・アヴァリトは思った。どうやら彼女、自分でつけた惑星の名を口にするのを避けているな。ま、あれほど喧嘩していては無理もない話だが。

「まだあと二十分ある。《イアヌス》は位置についているのか？」と、訊いてみた。

「一時間前にスタートした」ノックスが答える。

「ちょっと外に出てくるよ」と、シド。「ここにいると時間厳守になるもんだ」

仕切り部屋を去ると、ホールは明るく照明されていた。科学者チームは全員コルヴェットにうつっており、機器を操作している者はだれもいない。シドは戸外につづくドアを見つけ、足を踏みだした。

サガポーは夜につつまれていた……ここ、銀河中枢部近傍でも〝夜〟という言葉を使いはするが、昼よりもすこし明るさが落ちるというだけのこと。空は輝く星々に埋めつくされ、暗い天のなかにあるほんのちいさな場所でさえ、肉眼で探すのはむずかしい。

多くの星はすぐ近くでぎらぎら輝いていて、見ていると目が痛くなるほどだ。

空気は暖かく、あたりは虫の声に満たされていた。異星のコオロギやバッタの類いが群れをなしてコンサートを開いている。シドがひとり言をいったとしても、自分の声すらまったく聞こえないだろう。

ホールには窓がないので、人工の光が星明かりをじゃますることはない。建物が視界に入ってこないよう、シドは空き地のほうへとさらに歩みを進め、頭をそらして空を見あげた。

あの上のどこかに、スティギアン・ネットがある。とはいえ、肉眼ではとらえられない。そのために特別につくられた装置でしか見ることはできないから。それに、ネット・ラインが実際に〝あの上〟にあるわけでもない。それはあらゆる場所に遍在する。ステュクス星系をかこみこんでいるのだ。

とてつもない規模である。それでも、装置の性能基準を最大限にして記録したなら、繊細な糸にしか見えない。プシオン・フィールド・ラインというのはハイパー空間の産物だ。その行く手に通常宇宙の物体が存在していても、影響されることはない。密使の使うスティギ糸が切断されなければ……いいかえると、密使がじゃまされずに目的地に到着できれば……かれはこういうだろう。〝ステュクス星系の惑星をひとつかふたつ、あるいは恒星ステュクスそのものを突っ切って飛んできた〟と。むろん、ネット・ラインを使って飛翔するあいだはハイパー空間を移動することになるからだ。そしてハイパー空間では空間軸も時間軸も、通常宇宙とは異なる意味を持つ。

この点について、有機生命体は具体的に理解することはできない。五次元空間における現象は、有機体の理性では想像もつかないのだ……標準宇宙をわかりやすく図示することさえ、かんたんではないのだから。時間という座標を切りはなし、完全に三次元座標だけで考えてようやく可能になる。

シド・アヴァリトは嘆息して、うつむいた。ずっと空を見あげていたので頸が痛い。クロノグラフに目をやると、二十時三十分だ。そろそろ、みんなのところへもどろう。もどってみると、エンザとノックスが作業にいそしんでおり、スクリーンにはもつれたスティギ糸がうつしだされていた。密使があらわれると思われるラインは、プシ通信メッセージによって六時間以上前に判明している。ボトム右1だ。ティルゾも任務を遂行中で、小型受信機の前にすわっていた。受信機の上のほうでは《イアヌス》からの簡易通知が不規則な周期で入ってきている。

やがてティルゾはシートをすこしうしろに引くと、ポケットからパラ露をひと粒とりだした。シートのクッションにからだを押しつけ、目を閉じる。

密使がステュクス星系を通過するのは……エネルプシ・エンジンをそなえた飛翔体を使い、従来どおりの速度を出しているならば……目標宙域で再実体化する予定時刻の一分半から二分前のはず。

その計算からいくと、いつあらわれてもおかしくない。

＊

ストリクターの周囲はしんとしていて、ヒューマノイド三人の呼吸の音さえ聞こえるほどだった。

シド・アヴァリトは、いつのまにか自分が秒読みしていたことに気づいた。緊張がみなぎる。カウントダウンしたところで意味はないのに、いったいなにを数えているのだ。

そのとき、ティルゾがいきなり言葉を発した。シドは背中に針が刺さったかのごとく、跳びあがった。

「きた」ブルー族の声は妙にうつろだ。「距離、四十プシ秒。だが、やけにゆっくり進んでいる」

「こちらにも聞こえた、ティルゾ」《イアヌス》から連絡がきた。

一分が経過。密使は集束プシ通信インパルスの速度を出していない。

「表示はポジティヴ」数分前からデジタル数字を食い入るように見ていたノックス・カントルが告知した。

「ストリクター、準備完了」エンザだ。「いくわよ……カット！」

「《イアヌス》……最大限の警戒を！」ノックスが叫ぶ。

「《イアヌス》、了解」と、応答がきた。

シドは手に汗を握った。さて、なにが起こる？　本当に気づかれることなく、ソトの密使を捕まえられるのか？

「第二プロジェクターが動かない！」エンザが報告してきた。声にいらだちがにじみでている。「まったくもう、よりによってこんなときに！」

「ほかのプロジェクターを使って安定化しよう」ノックスが操作にかかる。

ボトム右1の切断個所が振動しはじめた。前のように光点があらわれたが、行ったりきたりしたのち、見えなくなる。

「第四も第五もだめ。動かないわ！」エンザが叫ぶようにいった。憤慨のあまり泣きだしそうな声だ。

「切断個所が不安定になる……密使を捕まえるのは無理だ」ノックスもまったくなすすべがない。

ティルゾのほうからうめき声が聞こえる。シドは振り向いて、驚愕した。ブルー族がうずくまっている。ふだん頸もとの肌は生き生きした淡紅色なのに、いまはくすんだ黄色味を帯びていて、まるで病人だ。シドは勢いよく立ちあがり、ティルゾのもとへ急いでその肩を揺さぶったかんだ。


「どうした、友よ?」

「かれは……もういない……」ブルー族があえぐ。「そこに……感じる……」

笛を吹くようなかぼそい声で、まだ目をつぶっている。シドは直感的に友の右手をつかんだ。

「これを捨てるんだ、ティルゾ!」

苦労しつつ、ブルー族のおや指三本をどうにか開かせた。背後ではエンザとノックスが計測結果を大声で伝え合うのが聞こえる。ティルゾの抵抗ははげしい。七本の指にありったけの力をこめて、パラ露をしっかり握りしめている。それがあれば、スティギアン・ネットのラインをのぞき見ることができるのだが。

シドはブルー族の手から自分の手に、むずがゆさが伝ってくるのを感じた。それが刺すような、燃えるような痛みに変わり、腕をのぼってきて、うなじから頭蓋へとはしる。自分の直感は正しかったとわかった。なんらかのプシオン作用がティルゾに襲いかかったのだ。それがパラ露の放射と結びついて、理性を狂わせる痛みを発生させている。

「目を開けろ、ティルゾ!」シドは必死に叫んだ。

ブルー族はいわれたとおりにし、当惑したように周囲を見まわした。シドはこの瞬間を利用して、友のかたく握った手を開かせることに成功。ティルゾがひと声うめく。きらめくパラ露が床に落ちた。

「いったいなにが……？」

「気をつけろ！」シドは大声を出す。「なにかが近くにいる」

さっきティルゾの手からパラ露が落ちたときにおさまった痛みが、またひどくなっていた。からだじゅうにひろがり、全身の神経線維が痛みを感じている。シドは立っているのがやっとだ。エンザ・マンスールが立ちあがったのも、ヴェールを通して見ているような感じだった。エンザの顔が痛みにゆがむ。ノックス・カントルはシートにすわって身をまるめ、両手で頭をかかえていた。うめきながら、なにか理解できない言葉を発している。

「サイコ……ショックだ」シドはどうにかつぶやいた。

だが、その声はだれにも聞こえない。エンザがくずおれる。ノックスは曲がった指で頭をかかえたまま、目を大きく見開いて動かなくなる。ティルゾはシートから滑りおち、床に横たわる。

やられた。シドは絶望の底でそう思った。

それが意識に浮かんだ最後の思考だった。はげしい痛みに圧倒され、目の前が暗くなる。もうなにも聞こえず、なにも感じない。

4

「エネルプシ・エンジンの原理はじつにかんたんだ」ペレグリンが説明をはじめた。「まず第一に、エネルプシ・エンジンというのはプシオン性のショック波をつくりだすジェネレーターなのだ。このショック波がプシ・ラインの内壁に働きかけることで、推進力が生まれる。最高にわかりやすく表現すると、こういえるかもしれない……エネルプシ・エンジンはプシ水路の壁に沿ってボートを進めるのだと」

アンブッシュ・サトーが顔をしかめる。

「あんまりわかりやすいのもどうかと思いますね。誤った思考につながりかねない。五次元連続体のふるまいに関する話なんですよ。いまのあなたの説明ですが……数学的に表現できますか？」

「いまやっているところだ」ペレグリンはうなずいた。「二、三十時間もすれば結果をわたせると思う」

サトーの表情はいつものごとく、なにを考えているかわからない。だが超現実学者をよく知る者なら、この無表情のなかに、不愉快ながらもかなりの好奇心がまじっているのに気づいただろう。

「ときどき、あなたのことがわからなくなりますよ」サトーは助手に向かっていった。「われわれはエネルプシ・エンジンの謎を解明しようと何年もやってきたが、できなかった。エネルプシ船を拿捕《だほ》できなかったり、できても途中で失ってしまったり、手に入ったと思ったとたん虚無に消えたり。この十五年間、まったく進捗していません。なのに、突然あらわれたあなたが、たちどころにすべて解明してしまうとは。なぜ、よりによってエネルプシ・エンジンの専門家になれたんです？」

これに対するみじかい答えを、生涯アンブッシュ・サトーは忘れないだろう。その意味をかれが知るのはまだしばらく先のことになるのだが。ペレグリンはこう答えた。

「時がきたからだ。これまできみたちが謎を知るのは危険すぎた。だが、いまなら知っても恐ろしいことにはならない」

こんな曖昧《あいまい》な内容ではもちろん納得できなかったが、サトーはそれ以上なにも訊けなかった。インターカムの呼び出し音が鳴ったので。

「受信！」と、指示する。

ヴィデオ・キューブがあらわれ、ウェイロン・ジャヴィアの心配そうな顔が画面にうつしだされた。

「サトー、もう三時間以上《イアヌス》から連絡がないんだ。憂慮している。なにか助言はあるか？」

サトーには〝ずれた現実〟の領域から目下の現実世界に気持ちをもどすのが、最初はむずかしかった。すこし前に《イアヌス》のことは聞いた気がするが、どういう任務で出動したのかはおぼえていない。それについてジャヴィアにたずね、教えてもらう。

そのやりとりを終えてから、助手のほうに目をやった。さっきの予言めいたコメントの説明を聞こうと思ったのだ。ところが、ペレグリンはとうに姿を消していた。

＊

「まず考えられるのは、ハンター旅団がステュクス四の実験ステーションの存在を嗅ぎつけたのではないかということ」アンブッシュ・サトーはいった。「そこではプシオン・エネルギーに関する作業をしていますね。この分野はハンターの専門ですから」

「密使が一名、フェレシュ・トヴァアル五三に向かっていたのだ」ガルブレイス・ディトンが説明する。「それをノックスとエンザが、ストリクターを使ってスティギ糸から押しだす予定だった」

「それははじめての試みですか？」

「物質に対してははじめてだ」ウェイロン・ジャヴィアが答える。「これまでためしたのはプシ通信メッセージに対してだけだから」

「だったら、ありえますね」と、サトー。

「なにが？」デイトンが訊く。

「権限なき者がスティギアン・ネットでなにやら実験していることに、ソト陣営が気づいたかもしれないってことですよ。思うに、ステュクス四でおこなわれる実験はネット内で種々の反応を引き起こすため、相応の道具があれば計測可能です。そうした道具をソトの部隊が、なかでもハンター旅団が持っていると仮定しましょう。プシオン性の影響がどこから発しているか確定するのがむずかしいことは、われわれ自身も経験から知っています。つまり、ハンターはネットを使った実験がおこなわれていることを突きとめたとはいえ、それがどこでおこなわれたかはわからない。

となると、いちばん手近に思いつくのは、実験者を罠にかけることでは？　この実験者は対象物を、それが物質であれ非物質であれ、スティギアン・ネットのラインから押しだす能力を持っている。そうハンターたちは察したはずです。そこで、ある時刻に特定の場所へ、価値の大きい対象物を送りだすことを予告しようとする。そういった予告がありませんでしたか？」

思わずウェイロン・ジャヴィアとガルブレイス・デイトンは顔を見合わせた。ステュクス四の実験チームがプシ通信メッセージを傍受したことは、まだここでは話していない。この超現実学者はこれまで何度も、まるで千里眼のような言動で周囲を驚かせてきたもの。ものごとが発生したのを知らないのに、その関係を予測したうえで結果がどうなるか、いともかんたんに論じてみせるのだ。論理的に考えればそうなるはずだという理由で。

「たしかにあった」と、ジャヴィア。サトーの〝自分はなんでも知っている〟というさりげない態度を、すこし不快に思っているのが見てとれる。「傍受したメッセージを解読して、密使が宇宙要塞二一八七から五三へ向かうとわかったのだ」

「密使一名だけですか？」超現実学者は疑わしげだ。

「技術機器を持った密使らしい」ディトンが補足する。かれはジャヴィアほどサトーのことを不快に感じてはいない。

「なるほど！」サトーは満面の笑みで、「それはおとりですね。だいたい、スティギアン・ネットと関係のある者なら、だれが専門家の使う機器をひとつふたつ好きこのんで手で運びますか？」

「つまり密使は、じつは密使ではないということか？」ジャヴィアが推測する。

「ハンターですよ」サトーの答えだ。「ハンター旅団の高速艇です……よりすぐりの兵士たちを乗せた。自分たちがネットから押しだされることは、そのポジション近くにきたら感知するんでしょう。それがかれらにとっては攻撃の合図になる」

「きみの論証には穴があるぞ」と、ガルブレイス・デイトン。「実験ステーションの位置をハンター側は知らない。なのに、どうやってステュクス星系と交わるネット・ラインを見つけてメッセージや密使を送りだすことができたのだ？」

「かれらがそうしたと、だれがいいました？」超現実学者が訊きかえす。

「さっききみがいったじゃないか、かれらは……」

「いや、そういう意味ではありません。かれらはおそらく、ネット・ラインの数十カ所をこうしたやり方で管理しているんです。いたるところでおとりのメッセージを流し、いたるところで密使に化けたハンターを送りだしている」

「大規模作戦か」ジャヴィアが簡潔にいう。

「そこに注意を向けていただきたい」と、サトー。「わたしが思うに、些末《さまつ》なことにかかずらっている時間はありません。ファタ・ジェシは全力でわれわれを追ってきます」

「そうなると、ますます《イアヌス》のことが気がかりだ」デイトンがむっつりという。

「エンザとノックスたちがハンターの手に落ちれば、数年にわたる科学実験作業が無に帰すばかりか、こちらの計画がソトに知られることにもなる」

「むろん、人的損害についてはいうまでもないが」ジャヴィアがシニカルな調子でつけくわえた。「ハンター旅団、とりわけウィンダジ・クティシャが捕虜に残忍な仕打ちをすることは、よく知られているからな」

アンブッシュ・サトーは深刻な顔でうなずき、

「ただちに決断して迅速に行動しなければ」と、きっぱりいった。「わたしなら出発の準備はできています」

「きみが？」ディトンは驚いて、「われわれ、きみに助言をもとめはしたが、行動しろとはいっていない」

「だったら、ほかにだれを派遣するのです？」と、サトー。「ステュクス四に軍隊を送りこんで宣戦布告する気ですか？」

「もうソトの手下を特別あつかいすることはやめたんだ」と、ジャヴィア。「ハンター旅団に対してプロフォス条約は通用しない」

「科学者たちが危険にさらされますよ。だれひとり、生きては帰れないでしょう」

「きみはどういう手段を考えている？」ディトンだ。

「いまはいえません。わたしの行動は状況によって決まるので」

「単独でやる気か？」

「そのつもりです」サトーが笑みを浮かべる。「現実傾斜を量子化することを知って以来、わが自信はとどまるところを知りませんからね」

＊

「わたしは同行しない」ペレグリンがいった。

アンブッシュ・サトーは助手を見て考えをめぐらせ、

「そういうと思いました」と、応じた。「あなたの場合、おそらく愛着というものに縁がないんでしょう。誠実さについてはいうまでもない。そんな概念、あなたにとっては……」

「ものの いい方に気をつけろ！」ペレグリンは憤慨している。目に鋭い光を宿して、

「誠実さについて、いったいなにを知っている？」

「ある程度のことは」サトーは意に介さない。「ただ、説明してほしいですね。なにがあなたの同行を阻んでいるんです？」

「なにかが阻んでいるなどと、だれがいった？　わが自由意志による決断だと思ってもらいたい」

「いいえ」その口調は超現実学者らしく、どこまでも事務的で確信に満ちている。「あなたはそこまで薄情な男ではない。なにか深い理由があるはずです」

「お褒《ほ》めの言葉、ありがとう」ペレグリンは皮肉で返した。

「それで？」

「それで……なんだ？」

「理由を聞かせてください」

「まるで奴隷監督だな」ここではじめてペレグリンはとまどいのようなものを見せた。「わたしがしてはいけないことがいくつかあるのだ。不介入の掟というか」

「なるほど。だれが決めた掟です？」

「それは説明できない」

「できない？　したくない？　それとも、してはならない？」

「いいかげんにしてくれ、小男！　いずれすべてわかる時がくる。目下のところ、これ以上の説明はなしだ」

サトーはおちついたようすでうなずき、

「そうですね。いずれわかるでしょう」

そういうと踵《きびす》を返し、ゆっくり出口に向かった。ふたりが話をしている場所は、ペレグリンが書類をひろげていたラボのひとつだ。白い髭の老人は超現実学者のうしろ姿を見送る。その痩せた肩と華奢なからだを見ていると、同情の念が湧き起こった。

「わたしにできるのは、きみの幸運を祈ることだけだ」と、ペレグリン。

アンブッシュ・サトーはその場で立ちどまり、振りかえった。

「ありがとう」と、感情をまじえず応じる。

「脈動するフィールドは、強度が一定のものより影響が大きい」ペレグリンが言葉を発した。「脈動の周波に注目するのだ。現実傾斜は共振しようとする傾向を持つ」

サトーはしばらく立ちつくし、いまの言葉を自分のなかに浸透させてみた。そして最後にこういう。

「その言葉にも感謝します。ただ、あなたがそれをどこから知ったのか、いつの日かわたしが訊くことは覚悟していてください」

老人はにやりとして、おだやかに応じた。

「いつの日か」

*

動員数はかなりのものだった。コルヴェットから直径二百メートルの重巡洋艦まで、宇宙船が三十四隻。それらが一時間にわたってステュクス四の……不器用な恋人たちが〝サガポー〟と名づけた惑星の……上空をめぐり、捜索している。捜索対象は話に出た恋人たちと実験チーム、さらにコルヴェット《イアヌス》およびその乗員だ。すくなくともこうした動きは敵によって解釈されるはず。捜索部隊はすべて《バジス》の搭載艦船からなるが、いずれもストリクターは装備していない。その特徴的な上部構造物を見ればGOI所属だとわかってしまうから。《バジス》じたいも姿を見せておらず、いまのところビッグ・ブラザーの存在はスティギアン側には知られていない。

ファアタ・ジェシのハンターが本当にステュクス四にいるのだとしたら、かくれ方をよく知っていることになる。目に見えるサインも正体を明かすようなインパルスも発見できない。捜索部隊はひっきりなしに通信メッセージを発し、エンザ・マンスールとノックス・カントルに、科学者チームに、シド・アヴァリトとティルゾに、《イアヌス》の乗員に呼びかけるが、応答はなかった。《イアヌス》もどこにも見えない。おそらくハンターがどこかにかくしたのだろう。未踏の惑星には見通しのきかない場所がいくらでもある。

ついに重巡が一隻、ジャングルの空き地に着陸を試みた。実験ステーションの大ホールから数百メートルの場所だ。武装コマンドがホールに突入し、周辺もふくめて探しまわる。だが、なんのシュプールも見つからなかった。ホール内の機器類は無傷だが、作動してはいない。とうとうコマンドは引きあげることに決め、重巡からハイパー通信を発信した。聞こうと思えばだれでも聞けるようにして。

「捜索活動、成果なし。研究者チームもコルヴェットも行方不明のようです」

このやり方で長く敵の目をだませるとは、だれも思っていない。すこしのあいだならごまかせても、いずれ気づかれるだろう……捜索活動に見せかけたこの動きにはべつの目的があったのだと。これら三十四隻は消えたと思われていた《バジス》の格納庫に属するものだということも、手に入る証拠さえあれば、もしかしたら突きとめられるかもしれない。

ただ、上層部のもくろみによれば、まだそこまでいたっていなかった。ハンター側が疑念をいだきはじめる前に、かれらを無力化しなくてはならない。この小規模艦隊が進攻した目的はただひとつ、ちっぽけな乗り物一機を敵に気づかれることなくステュクス四におろすことだった。重巡が実験ステーションの敷地に着陸態勢に入ったさい、べつの軽巡洋艦一隻から、ひとり乗りの機体が地面近くに射出されたのだ。これまでのところ、偽装工作はうまくいっている。なにかトラブルが生じたら、時間を見はからってアンブッシュ・サトーが救難信号を出すだろう。

超現実学者は実験ステーションがある谷の北端に機を着陸させた。山がかくれ場を提供してくれる。機体のエンジンを切り、あたりをうかがった。谷底にはまだ重巡がとまっている。もどってきていない乗員がいるのだろう。

サトーが着用しているのは従来のセラン防護服だが、装備は自分の好みと主張に合わせて拡張してある。超短波ハイパー放射……つまりプシオン性エネルギー……のセンサー用にフィルターを追加し、感度をあげていた。ティルゾもシド・アヴァリトもパラ露をいくつか持参しているはず。このセンサーを使ってパラ露の放射を検出できれば、パラテンサー二名がどこに監禁されているかわかるかもしれない。

最初の計測結果はネガティヴだった。それでもサトーはめげない。パラ露はおもしろい物質だ。もともと、ろ座銀河の住民ノクターンの排出物という有機的性質を持つためか、有機物との相互作用が生じる傾向がある……それも生きた有機物、とりわけ意識を宿した相手の場合はそうだ。放射のスペクトルは相互作用の種類と強さによって変化する。たとえば、パラ露を人間が手に握っている場合には、金属や鉱物でできた容器内で保管されて不活性となっている場合よりも高めの周波で放射するのだ。

超高周波スペクトルの大部分は除去することになるだろうと、サトーは心がまえしていた。フィルターを、限定されたせまい波長域をひろうように調整する。こうすればすべての周波域のなかで、障害波をふくむ雑音のレベルを除去できる。

時間は刻々と過ぎ、谷の重巡はとっくにスタートしていた。いまは雲ひとつない濃いブルーの空にときおり捜索部隊の艦船が見えるだけだ。サトーが着陸したときはまだ早い時間だったが、いまは昼になろうとしている。あたりの気温は三十度まであがっていた。

そのとき突然、装置の針が強く振れた。サトーは驚いて、ヘルメット内側のモニターに表示された値を読む。これほど強いプシオン・エネルギーが、手のひらふたつぶんのパラ露から発せられるだろうか？　ありえない！

かれは周波変換装置を注意深く前方に押しやってみた。放射の強度は最初に上昇して最高値を振りきったが、やがてまた低下した。なにが起こっているか、こんどは超現実学者にもわかった。パラ露の放射にこれほど幅があるはずはない。放射の周波が揺らぐことはあるが、どんな数値になるとしても、おちつく値はこの幅のぴったり半分のなかにある。

探知表示を見てみるが、宇宙船の存在をしめす特徴的なリフレックスはどこにもない。捜索艦船は撤退したようだ。そうなると、この計測結果をどう考えたらいいかわかるというもの。ハンターは時間をむだにしなかった。かれらはいま、ここステュクス四で手に入れた戦利品の正体を知ろうとしている。ストリクターを動かしているのだ。

＊

意識をとりもどしたシド・アヴァリトは、蛍光プレートのぎらつく光を受けてまばたきした。みじめな気持ちだ。口が渇き、頭はがんがんする。もしいま起きあがれといわれても、そんな力は出そうにない。

〝やられた〟というのが、失神する前に意識に浮かんだ最後の思考だった。いまはあおむけに寝かされている。頭は動かせず、息をするのがやっとだ。目に入るのは二・五メートル上の天井で光をはなつ照明と、ライトグレイのなめらかな天井の一部だけ。

指先が毛と皮膚に触れているのを、脳が感知した。伸ばした両腕をからだのわきに押しつけられた状態なのだ。指先が感じたのは、自分の太股《ふともも》の肌と体毛だった。

丸裸にされている！

本当にそうなのかたしかめたくて、弱っているにもかかわらず起きあがろうとした。だが、できない。いくらがんばっても、なにか目に見えないものに阻まれてしまう。

拘束されたのだ！

パラメカ性のフィールドにおおわれている。ふつう、その目的から拘束フィールドと呼ばれるものだ。まるで繭《まゆ》に閉じこめられたようで、ゆとりは呼吸のために胸がすこし上下するぶんだけしかない。シドはうなり声を出した。せめて声帯がまだ機能するかどうか、たしかめたくて。

「だれかいるか？」と、質問してみる。

「ティルゾだ」甲高い声が聞こえた。それから、べつの声がした。

「ノックス」

「エンザよ」

あとは静寂。

「ほかの者はどこだろう？」シドは訊いてみた。

「わからない」エンザの声だ。「やつらはプシ・フィールド・プロジェクターでわたしたちを無力化したの。《イアヌス》が救助にきたけど、着陸したとたん、同じく罠にかかってしまった」

「やつら？　やつらって？」シドがじれったそうにいう。

「ハンターよ。ファタ・ジェシの面々がぜんぶで五名。密使をスティギ糸から押しだすというこちらの計画を知っていたわ。わたしたちをはめるために、ひと芝居打ったのよ」

「ずいぶんよく知っているな。なぜだ？」と、シド。

「ハンターの一名がここにきたの。あなたたちは全員、意識がなかったみたいね。相手はプテルスで、軽蔑すべきやつよ。話をさせるのはかんたんだった。かれ、自分がどれほどこっちをおろかだと思ってるか、いいたくてしかたなかったようだから」

「それで？　それからどうなった？」

「はっきりとはいわなかったけど、わたしたちの捜索活動がおこなわれたみたいよ。惑星上空に艦隊が展開したから、ハンターたちはかくれ場に入ったらしい。《イアヌス》もうまくかくしたので、上空からは見つからないといっていた。やつら、わたしたちがここでなにをしていたか知りたがってるわ。尋問する気よ。捜索部隊が撤退したらすぐにホールを調べるんでしょう。ひょっとしたら機器類を分解し、輸送船を呼んで運び去るかもしれない。ウィンダジ・クティシャはわたしたち四人に興味があるそうよ」

「ありがたい話だ」ノックスがうしろのほうでいった。「かれと知り合わずにすむなら、気分がいいだろうけど」

シドは話題をそらすことなく、エンザの言葉をくりかえす。

「惑星上空に艦隊が展開した、か。つまり、一隻も着陸しなかったと？」

「着陸のことはいってなかったわ。ただ、いまはもうスタートしてしまったみたい……プテルスの言葉を信じればだけど」

「信じていいと思う」シドは考えこみ、「ハンターがまったく根拠のないことをでっちあげるのもおかしな話だから。だが、なぜ着陸しなかったんだろう？　なぜ徹底的に捜索しない？」

「捜索活動は気をそらすための陽動作戦だったんだ」と、ティルゾが発言した。

「なにから気をそらすため？」

「わからない」

この可能性について、シド・アヴァリトはしばし考えた。ありそうな話に思える。だが、もしブルー族の推測どおりだったとして、それで自分になにかできるわけでもない。せいぜい、かすかな希望が生まれただけのこと。ビッグ・ブラザーが自分たちを見殺しにすることはないだろうが、いまは拘束フィールドに捕まって息をするのがやっとの状況にいる。自分たちで状況を改善するのは不可能だ。

「ここはどこなんだ？」シドは訊いた。「ハンター船のなかか？」

「そうよ」エンザが答える。

「たぶんきみたちも全員、わたしと同じく華やかな衣装を身につけてるんだろうな」シドはすこし雰囲気を変えようと軽口をたたいてみた。

「身ぐるみ剝がされたわ」エンザだ。

「パラ露も奪われた」ティルゾの声。

その後は会話がとだえた。もう話すべきこともない。待つ以外になにもできないのだ。

＊

アンブッシュ・サトーは山をこえてまわり道しながら東をめざした。いまは気にすることなくグラヴォ・パックを使える。ハンターがストリクターで実験しているとすれば、探知インパルスにかまっているひまはないだろうから。それでもとくに急ぐわけではないので、小型装置の出力は最小に絞っていた。ハンターたちはきっと、捜索艦船がまだ近くにいて、いつもどってくるわからないと踏んでいる。捕虜と戦利品を可及的すみやかに安全な場所にうつすつもりではいるが、ステュクス四をスタートするのは、だれにも見張られていないとわかってからだろう。

途中、超現実学者はある発見をした。探知機のおかげで、東の方向からくるエネルギー性散乱インパルスを二秒間とらえたのだ。ハンターが山並みの向こうのどこかに宇宙船をかくしているということ。そこにたぶん《イアヌス》もあるはず。だれかひとり不注意な者がハイパーエネルギーで動く一装置を作動させてしまい、それで散乱インパルスが発生したらしい。セラン技術装備のいわば脳を構成しているマイクロシントロンが、インパルスの出どころを突きとめることに成功した。誤差はわずか数百メートル。ハンターのかくれ場は、実験ステーションのホールが建つ空き地の北東百四十七キロメートルにある。ただし、ハンター全員がそこにいるわけではない。すくなくとも一名はステーションにいて、ストリクターの実験をしている。

サトーは空き地と同じ高度をたもちつつ、細心の注意をもって山の西側の岩壁をおりていった。岩の配置やだんだん深くなる植生が格好の掩体《えんたい》を提供してくれる。ホールではまだ作業がおこなわれているようだ。ストリクターがときおり作動するのは、センサーのおかげでなんなく確認できる。複雑な装置を不定期に動かしてはまた停止するというやり方を見ていると、ハンターはそのしくみを解明できていない。捕虜の尋問をまだおこなっていないか、科学者が自分たちの知識を洩らさずにすんでいるか、どちらかだろう。これは重要なことだ。ハンターたちはステュクス四を去る前に、その成果をプシ通信でフェレシュ・トヴァアル五三に知らせるはず。もしかれらがストリクターのくわしい作動機序を報告したなら、将来この装置を使ってソトの力に対抗できるかどうか、見通しが怪しくなってしまう。

ただ、アンブッシュ・サトーにとって……すくなくともこの時点では……ほかにもっと重要なことがあった。ストリクターの作動には充分なエネルギーを供給するジェネレーターが不可欠だ。ジェネレーターはハイパートロン注入システムの原理で作動する。つまり、五次元ベースということ。これにより背景音が生じるので、グラヴォ・パックの微弱な散乱インパルスなどのみこまれるはず。したがって、熱帯の植生を抜けて空き地の東端へ向かっていくさいも、ある程度安心していられる。

植生がとぎれる場所で、かれは立ちどまった。目の前には草地がひろがり、午後の暑さで空気が揺らめいている。ホールまでの距離は千二百メートル。以前は《イアヌス》、先ほどは重巡が着陸していた場所は反対側、空き地の西のほうだ。

サトーは森のはしでとりわけ密に生い茂っている下生えのなかにうずくまり、あたりに耳をすませた。かれの本能が、非常に弱いとはいえ未知意識の放射をひとつとらえる。それは超能力によるものではなかった。かれはテレパスではないので、どこか近く……たぶんホールにいる未知者の思考を読むことはできない。だが、そこにいることはわかる。思考と知覚を持つ生物の存在を感じとるこの能力は〝気〟から生じるもの。かれの祖先たちの信仰によれば、〝気〟は身体と精神の二元性の中心をあらわす。物質ではないが臓器のようなもので、力を持つ。ふだんは仕事に忙殺される日々を送っているサトーだが、時間さえあれば精神的・肉体的修養を通じて〝気〟を鍛えるようにしていた。かれが超現実学の分野で数々の成果をあげられたのも〝気〟によるところが大きい。

いつだったか、なんでも知っているように見えるペレグリンにこの話をしたことがある。ところが、老人はあからさまにいやな顔をし、皮肉な口調で応じた。

「きみが〝気〟と呼ぶものは、プシオンを感じとる器官にほかならない。どの知性体にもそなわっているが、つねに使っていなければ萎縮するため、多くの生物はその存在を忘れてしまうのだ」

これにサトーは反論しなかった。〝気〟はかれの祖先が数千年ものあいだ、信仰に似た熱心さをもってあがめてきたもの。それを実務的・科学的に説明しようとすれば、本質を汚《けが》すことになる。それ以来、ペレグリンとの会話でこの話題を持ちだすことはいっさいしなかった。

かれは辛抱強く待った。確信がほしい。未知意識による作用をおのれのなかに浸透させる……相手がすぐ近くにいるとわかるようになるまで。ほかのハンターはどこにいるのだろう？　船内にとどまっているのか？

サトーは進みはじめた。高速飛行で空き地を横切り、ホールの南端に着地する。大きなドアは開いていた。建物にはだれもいないが、ホール中央の仕切り部屋のなかからさまざまな物音が聞こえてきた。ここの勝手はわかっている。施設の設計図をつくるさい、自分も作業にくわわったから。あの仕切り部屋にあるのはストリクターとその制御装置一式だ。そこにハンターがいる。おのれの安全を疑うこともせず。

超現実学者はホールに足を踏み入れた。グラヴォ・パックのスイッチを切り、装置類のあいだを早足で歩く。仕切り部屋からハム音がもれてきた。ハンターがストリクターを作動させているのだ。仕切り部屋のドアはきちんと閉まっていない……原始的な施設に感謝だ！

甲高い声が聞こえた。ときおり息のまじるソタルク語だ。ソトの信奉者たちが使う言語である。

「べつの極性をあたえてみたが」と、その声がいっている。「そっちの装置ではどうなっている？」

答える声はあまり自信がなさそうだ。

「変化なし。そこであれこれためしたところで、埒《らち》が明かないな。ちょうどゴリムが意識をとりもどしたようだから、尋問してみる。それでなにかわかるだろう」

仕切り部屋のハンターは納得したらしく、

「了解」と、応じた。「追って連絡あるまでわたしは待機する」

「わかった。必要とあれば、事情に通じたゴリムを一名そこに派遣しよう」

アンブッシュ・サトーは歩を進めた。これ以上のチャンスは望めまい。いまからしばらく、ここにいるハンターと宇宙船内の同胞が交信することはなさそうだ。こちらの計画を実行する時間があるということ。

かれはもう足音をたてずに歩く努力を放棄した。旧式なコンソールの前に立つハンターの華奢な姿が見える。身につけているのはウパニシャド学校を修了した証《あか》しのシャント戦闘服だ。超現実学者の足音を聞いて、ハンターが振りかえる。サトーはプテルスの顔を間近に見た。前方に突きだした鼻づら、三角形の目、引っこんだ額……いずれもトカゲの末裔《まつえい》であることをしめす。

ハンターの態度は完璧な自制力のたまものだった。驚いたようすはみじんもない。

「アンブッシュ・サトーだ」超現実学者が口を開く。「きみは他者の所有物を侵害した。よって、その責任を問う。これを伝えにきた」

使ったのはソタルク語だ。相手の言語能力が不明だったし、プテルスにはすべての言葉を確実に理解させたいと考えたので。

ハンターの目にちいさな火花が生じた。いきなり未知者があらわれたことへの驚きを感じとらせまいとしたようだが、サトーの冷静な口調にやや当惑したのはまちがいない。

「わたしはタルバ・テルワール。啓示者ソトに仕える兵士だ」プテルスは応じた。「きみは頭がおかしいようだな。そんな言葉を口にすれば命とりになることもわからないのか？」

「だれがわが命をとる？」サトーは問い、慈悲深げな笑みを浮かべた。

「わたしだ」ハンターは自信満々だ。「きみは捕虜になるのだから」

「それほどかんたんにわたしを手に入れるのは、名誉の戒律に背くことになる。戦いが重要だと教わらなかったか？」

「ばかめ！」プテルスは吐き捨てるようにいった。「戦う気か？　わたしはパニシュで上級修了者だぞ。ムウン銀河のウパニシャド学校メルグラードで十段階の教えをおさめたのだ」

「なんのことだか、わかるように見せてくれ」サトーはまったく悪びれることなく、無邪気なふりをよそおった。

ハンターは答えない……すくなくとも言葉では。そして、破裂した。華奢なからだの輪郭がぼやけて銀色の稲妻となり、想像もつかないスピードで超現実学者めがけて襲いかかる。

音のない攻撃が何度もサトーをつらぬいた。まるで攻撃者の手が二本でなく二十本あるかのように、次々とパンチがくりだされる。超現実学者は二秒間、なんの防御態勢もとらなかった。タルバ・テルワールのお手並みを拝見したかったのだ。その二秒のあいだに、持てる〝気〟の力をすべて動員する。その力を使って、受けた攻撃の痛みを中和し、反撃態勢をととのえた。

「きええええい……！」

ホールのすみずみまで響きわたる、ものすごい雄叫《おたけ》び。これが本当に、この痩せた東洋人の小男が出した声なのか？

プテルスはすでに銀色の稲妻と化していたが、サトーのほうは同時に数ヵ所に存在する影となった。ハンターの攻撃が空を切る。

タルバ・テルワールはとらえられ、高所にほうりだされるのを感じた。そこから勢いよく降下し、はずみをつけてふたたび上昇すると、敵の姿を探した。だが、影を見つけたと思うと、すぐにまた消えてしまう。

サトーは戦った。かれの祖先が二千五百年前に戦ったのと同じように。すばやく滑るようなその動きは、戦闘準備のできた精神と鍛えあげた肉体の調和がなせるもの。とはいえ、かれは特別な戦闘力を持つわけではない。相手の力を利用して、くりかえし打撃をあたえたのだ……ハンターが消耗しはじめるまで。

残忍さと伝統との戦いであった。サトーが劣勢だったなら、命の保証はなかったはず。しかし、かれの目の前で床に横たわったタルバ・テルワールは、全身が麻痺して失神状態だ。いずれ意識をとりもどしたなら、十段階修了者をどう評価すべきか知らない……あるいは、知らないふりをしている……何者かに打ち負かされたこの戦いを、生涯忘れることはないだろう。

超現実学者は倒れた敵のほうに身をかがめ、こうつぶやいた。

「さて……仕事にかかるとするか！」

5

状況は変化している。これまでは忍耐力がものをいったし、急ぐ必要もなかった。だが、いったんストリクターを動かしたなら、ぐずぐずしていられない。プシオン性のプロジェクターが作動して、放射アンテナからプシオン・エネルギーが流れはじめたら、宇宙船のかくれ場にいるハンターたちは気づくにちがいない。

すみやかに目的をはたさなければ。

アンブッシュ・サトーの意識にペレグリンの言葉がよみがえってきた。〝脈動するフィールドは、強度が一定のものより影響が大きい。脈動の周波に注目するのだ。現実傾斜は共振しようとする傾向を持つ〟

あの老人はどうしてこんなことを知っているのか。サトーはいま決断の瞬間にいてさえ、不思議な模様のカフタンみたいな服を着た白髪の男の面影《おもかげ》を振りきることができずにいた。だが、そのイメージを無理やりわきに押しやる。いまはストリクターに集中しないと。

最後にもう一度、動かないプテルスに目をやった。意識がもどるのは数時間後か……まったく見知らぬ世界で目ざめ、不安と驚愕に駆られることになるだろうが。

確信をもってストリクターを作動した。あつかい方はわかっている。この装置もまた、コンセプトだけはかれ自身のアイデアだからだ。サトーは目を閉じ、あわてることなく正確な動きでコンソールを調整した。今回はスティギアン・ネットのラインを切断するのが目的ではない。アンテナから放出されるプシオン・エネルギーを使って現実をゆがめるのだ。〝現実のベクトルは量子化されている〟ことを、かれは思い起こした。まったく異質な現実をつくりだすのはご法度《はっと》なので、影響ののこらない程度にすること。つまり、実際の現実のすぐ近くでことを起こす必要がある。

もとめるエネルギーはストリクターがつくりだす。だが、並行現実のイメージはサトーの想像力が生みだすものだ。

超高周波ハイパーエネルギーが自分の意識に作用しはじめるのがわかった。サトーはもうセンサーがなくてもそれを検出できる。すぐ近くに存在するから。エネルギーがかれの精神チャンネルを通って流れ、かれはそれを〝気〟の力に変換する。タルバ・テルワールに勝利して数分たったいま、その力をふたたび全面的に使えるようになっていた。

サトーの思考がストリクターの放射と混じり合う。すると突然、現実が量子跳躍を起こし、超現実へと変化した……

「空気が……吸えない」シド・アヴァリトは苦しげにいった。「拘束フィールドが、きつすぎて……」

「わたしの質問に答えたら、たっぷり吸えるようになるぞ」プテルスが甲高い耳ざわりな声で、「ホールにある装置はなにをするもので、どうやって動かすのだ？」

痩せっぽちのアンティはかたく目をつぶり、口を大きく開けて、自分の役どころをみごとに演じている。

「知らない……まったく」と、あえいだ。「われわれが《イアヌス》で……この惑星に着陸したのは偶然だ……わたしはなにも……知らない」

ハンターに拘束フィールドを切らせなければチャンスはないと、かれら四人の意見は一致していた。なのに、どうしてプテルスはそうする気にならないのだ？　丸裸の捕虜を解放したところで、なんの危険があるというのだろう？

しかし、それはこちらの思惑ちがいだったことがわかった。

「わが名はヴェルザール・ポルタク」と、プテルス。インターコスモだが、息とぴちゃぴちゃした音がまじる独特の話し方だ。発話器官の解剖学的構造上、そうなるのだろう。

「ウィンダジ・クティシャがもっとも信頼する側近だ。わたしの質問に答えないなら死ぬだけだぞ、ゴリム。おまえのことはどうでもいいんだ。質問する相手はほかにもいるから」

それでもシドは演技をつづけた。頭上の発光プレートが明るすぎて、まばたきする。息が苦しい。エンザ・マンスール、ノックス・カントル、ティルゾが近くにいるのはわかっているが、こちらの姿は見えないだろう。かれと同じく、頭をほとんど動かせないから。それでも声は聞こえている。自分たちの番がきたらどうふるまうか、わかったはずだ。

実際、呼吸するのが困難になっていた。それは最初から変わらない。とはいえ、そう見せかけているほどひどい状態でもない。

シドは白目をむき、種族の古い言葉をぼそぼそとつぶやきはじめた。

「……アナ・ヒステウ・バアロル……」

「なんだって？」プテルスが鋭くいう。

「助けてくれ！」どこかでノックス・カントルが嘆いてみせた。「窒息する……」

「質問に答えろ！」

「わたしたち、ただの宙航士よ」エンザ・マンスールだ。「装置のことなど知らない。ただ見つけただけで……ああ、神さま……」あとはあえぎ声になる。

「おい、四つ目。おまえはまだ抵抗力がありそうだな」と、プテルスが、「なにかいってみろ」

「……ヴェリステン・バアロル・アナフ……」シドの声。

「知らない……なにも……」ティルゾがさえずる。「技術のことは……わからないんだ。わたしは船の……料理人だから……」

「いつものやり方を使うとするか」ヴェルザール・ポルタクはだみ声でいった。「おまえたち、いまに〝お願いだから真実をいわせてください〟と、泣いてたのむようになるぞ」

電気ショックがシド・アヴァリトのからだをつらぬき、筋肉が収縮した。あらがおうにも、パラメカ性の拘束フィールドにがっちりつかまれている。はげしい痛みに襲われ、あとは意志が砕ける前に失神するよう祈るだけだと、シドは思った。

そのときだ。まばゆい稲妻が光ったのが、まぶたを閉じていてもわかった。プテルスが喉の詰まったような悲鳴をあげる。ばらばらと大きな物音がして、湿った土と異星の植物がはなつ奇妙なにおいがあたりに満ちた。

なにごとかと思ったシドは一瞬、窒息するふりをするのも忘れて目を開ける。そこで見た光景はあまりに信じられないもので、正気をなくすほどの痛みもしばし忘れたほどだった。

頭上にあるのは雨に濡れた大枝で、その葉から大量の水がしたたっている。空気は湿っぽい。さっき聞こえた太鼓をたたくような物音は、雨の音だったのだ。

雷鳴がとどろいたあと、二度めの稲妻が光った。こんどは最初のよりずっと近い。光の軌跡が消えたとたん、雷が鳴りひびいたから。

「これはいったいなんだ？」ノックスの声があたりを裂いた。

発光プレートが天井もろとも消えている。プテルスの悲鳴が遠ざかっていくのがわかった。下生えを踏みしだく音がする。凶悪ハンターの側近は逃げだしたのだ。

雨粒が顔に落ちたとき、シドははっとした。拘束フィールドが通すのはガス状の物質だけだ。より結晶に近い分子鎖を持つ液状の物質や固体などは通過できない。

この水はどこからきたのか？

かれはその答えに行きついたが、〇・一秒エンザに先をこされた。彼女はすでに事態をのみこんでいたのだ。

「拘束フィールドが消えてる！」と、エンザ。「これで自由よ！」

＊

信じられない光景だった。雨がしたたる森のどまんなか、四人はそれまで存在しなかった木の下にいた。ポリマーメタル製の可動カウチが四台ある。薄いクッションがついていて、その座面の下に、数分前まで拘束フィールドを投影していたマイクロ装置がとりつけられていた。

「ほんものの現実もまだすこし存在するようね」エンザが驚く。「のこりはどこに行ったのかしら？」

かれらはたがいを見やった。みな裸でずぶ濡れだ。ふいに、指示されたかのように全員で爆笑する。

「われわれ、サガポーのヌーディストとして歴史に名をとどめることになるな」ノックス・カントルがいう。

「ここが本当にサガポーならね」シド・アヴァリトは考えこんで、「ほんの数分前まで宇宙船内にいたんだぞ。どうやってこの森にきた？　そもそも、ここはまだステュクス星系なのか？」

「そうでないとすれば、どこなんだ？」

シドはとほうにくれる。すると、ティルゾがいった。

「アンブッシュ・サトーのいう〝ずれた現実〟だよ」

「なんだって？」

「サトーについては聞いたことがある」ブルー族が説明をはじめた。「超現実に関する実験をしているとか。かれは《バジス》の乗員だったな。われわれを救ったのはサトーだろう。感謝しなくては」

「救っただと？　はん！」ノックスだ。「見知らぬ森のなかで真っ裸だぞ。これで救ったといえるのかね？」

その言葉に遠雷の音が重なる。嵐はしだいにおさまってきたようだ。

「かれにはきっとなにか方策があるのさ」ティルゾはいいはった。「まだ目下の現実が一部でも存在しているんだから。待ってみよう！」

そういうと、周囲を見わたす。雨雲におおわれた空の下、鬱蒼とした森のなかは暗かったが、ティルゾには赤外線感知能力がほんのすこしあるのだ。かれはヴェルザール・ポルタクがのこしたシュプールを見つけた。

「やつのあとを追う気はないが、あそこに道がある」と、なかばひとり言のようにいう。

「なにを考えているんだ？」と、シド。

「目下の現実にのこされたものは、このカウチ四台だけじゃないはずだ」ブルー族の答えだ。「たぶん、ほかにもなにかあるだろう。すこし見てまわろう」

＊

アンブッシュ・サトーは突然、自分の力以上のことをしすぎたと気づいた。ストリクターの出力を望みどおりにずっと操作しつづけるほどの力は、かれにはない。体力・気力ともに限界だ。集束プシオン・エネルギーを意識でコントロールできなくなったのがわかる。

どれくらい時間がたったのだろう？　科学者やパラテンサーや《イアヌス》の乗員は全員、安全を確保できただろうか？

木々のざわめきと雨の音が聞こえる。どこか遠くで嵐になっているようだ。自分がずれた現実の世界にいることは知っていたが、目を開けてたしかめる勇気がない。わかっているかぎりでは、プシオン・エネルギーの束にしがみつき、その力を使って現実をゆがめる作用をおよぼしたはずなのだが。

後悔の念にさいなまれる。おのれの力を過信していた。だが《バジス》の面々は、とりわけハンターの捕虜となった者たちは、このアンブッシュ・サトーに望みをかけているのだ……たとえ、だれが助けにくるのかまったく予想していないとしても。それなのに、かれらを見捨てることになってしまう。一秒、また一秒と力が失われていく。

ペレグリン、助けてください！　絶望のなか、サトーはそう思考した。

しかし、それでどうにかなるとは考えていない。ただ意識にのぼっただけだ。こちらの苦境をペレグリンが知るはずもない。だいいち、かれがどうやってわたしを助けられるというのか？

〝ハンターを仰天させてやる〟と、かれは何百回も自分にいいきかせた。〝やつらの宇宙船を消し、その技術機器を使用不能にするのだ〟

この思考によって、プシオン性の放射を変調させた。ストリクターの放射が脈動をはじめ、それが現実傾斜に共振を励起したのがはっきりわかる。サトーの精神の目の前に、あるイメージが浮かびあがった。捕虜たちを解放するために必要な、ずれた現実のあるべき光景だ。

しかし、そのイメージがぼやけはじめる。雨音がいきなり変化した。まるで自分が巨大な太鼓の上にすわっていて、その表面に落ちた雨粒のたてる音が長く響いているかのようだ。音はしだいに大きくなる。もう雨で濡れるのも感じない。からだに冷気が忍びよってきた。いま目を開けてもなにも見えないとわかっている。精根つきはてた。かれは〝気〟を使いはたしたのだ。

横ざまにくずおれる。自分が倒れたことも、もはや感じなかった。

サトーが意識を失う瞬間、量子跳躍にともなって現実が、それまであった状態へともどってきた。

＊

かれらは植物の蔓や棘《とげ》で肌に傷をつくりながら、雨に濡れた森を走りぬけていった。そんなことをしても意味はないと根本ではわかっているのだが、ティルゾが何度も駆りたてるのだ。このずれた現実のなかに、自分たちが拘束されていたポリマーメタル製カウチのほかにも根幹の現実世界に属するものが存在するはずだと、ブルー族は確信していた。まるで、そうしたことに対する特殊な本能を持っているかのようだ。すくなくともシド・アヴァリトにはそう見えた。ティルゾは自分がなにを探しているかわかっている。この小道を選んだのも、かれには当然のことらしい。

それはティルゾの潜在的超能力に由来するのだろうと、シドは考えた。むろんパラ露がないので、それを使って脳のパラノーマル・セクターに刺激をあたえることはできないが、それでもディアパシー能力を発揮できるのだ。最初ためらっていたシドも、いまはなんの疑念もなくブルー族についていく気でいる。

ハンターたちはどうなったのだろう。ヴェルザール・ポルタクはどこに逃げた？　かれは並行現実の理論を多少とも知っていたのだろうか？

四人は一列になって移動していた。細い小道がときに見わけられなくなるから。ティルゾを先頭にして、しんがりはシドだ。アンティはときおり立ちどまり、追っ手がきていないかと周囲を見わたす。

前のほうから、エンザ・マンスールのひそかな呼び声がした。

「見て……あそこ！」

エンザが立ちどまり、森の暗闇に向かって腕を伸ばしている。影のような輪郭が見えた。規則的なかたちで、自然由来のものとは思えない。

ティルゾが即座に反応。小道をはなれ、茂みのなかに入っていく。数秒後、ブルー族は鋭く叫んだ。

「こっちだ!」

勝ち誇ったような響きがある。三人はティルゾのあとを追った。ノックス・カントルが不注意にもはじいた小枝がシドの顔に勢いよく当たり、右頬に切り傷ができた。シドは不安になる。未知の植物は人類未踏の地にある自然の産物で、どんな毒性物質をふくむかわからない。それが傷を介して血液中に入りこんだらどうしよう。

だが、そんな不安もたちまち忘れた。目の前に、ロッカーを思わせる箱形の一構造物が鎮座していたのだ。カウチ四台と同じくポリマーメタル製のようで、手動スライドドアが二枚ついている。ティルゾがそれを開けた。このなかになにがあるか、かれには正確にわかっているらしい。

そこには上下に棚板がならび、それぞれの上に、かれらがハンターから奪われた所持品がすべてのっていた……下着からセランまで。

シド・アヴァリトは前に飛んでいき、パラ露を入れてあるポケットに狙いを定めてファスナーを開けた。ポケットをまさぐり、グミのようなしずくの感触をたしかめる。ハンターはこれに手を触れていない! パラ露のストックはひと粒のこらずそこにあった。かれらは衣服を身につけた。だれもひと言も口にしない。有機体としての理性が、ここで起こったことを拒否しているのだ。ハンターの宇宙船や《イアヌス》の姿は見あたらない。山も谷も青空も、熱帯の夏の暑さも、すべて消えてしまった。根幹現実なんて、くそ食らえだ。

カウチ四台も簡素なロッカーも、もとはハンター船の備品だったのだろう。これをどうやって説明する？　ティルゾのディアパシーはときに不気味だが、もしかしたらその能力で、ほかの者には表面的にしかわからないものの内部をのぞき見ることができるんじゃないか？

どうでもいい！　理解できなくても受け入れるしかあるまい。まだ自分たちは救われたわけじゃないのだ。すくなくともハンターの一名が近くにいる。もっと多くいるかもしれない。ここがどこかもわからない。《バジス》とコンタクトをとらなくては。ティルゾがわきに歩いていく。右手をこぶしに握り、胸に押しあてた。ノックス・カントルがなにかいおうとしたので、シドはあわてて合図する。いまブルー族のじゃまをしてはならない。

数秒後、ティルゾが目を開けて、右手をいつもの動きでポケットに滑りこませた。ふたたびポケットから出した手には、なにもない。

「ここはステュクス四だ」と、きっぱりいう。「まちがいない。スティギ糸の配置が記憶どおりだから。あと、もうひとつ。現実世界はたえず揺れ動いている。われわれをこの現実平面に送りこんだ者の力がつきたようだ」

「これからどうなる？」シドは訊いた。「根幹現実のシュプールはほかにあるのか？」

「あると思う」と、ティルゾ。「正確なことはなにひとつないが、現実の残留物はつねに存在する。だが、そのシュプールを見つけるのはむずかしい」

どういう意味なのか、だれにもわからなかった。ティルゾがあたりを見まわす。雨に濡れた木々のあいだにヒントがないかと探すように。雷鳴が遠くで聞こえた。嵐はやみ、空が明るくなる。シドが見あげると、樹冠のあいだにわずかに青空があった。

見あげているあいだに、青の色がいきなりひろがった。暑い空気が塊りとなって吹きつけ、突然、視界が開ける。そこにもう木々はなく、あたりは明るさにつつまれた。明るすぎて目が痛いほど。

シドは当惑して周囲を見わたし、本能的に察知した。並行現実がいきなり消滅したのだ……あらわれたときと同じく。かれは深い谷のなかに立っていて、隣りにはティルゾ、ノックス、エンザがいた。谷底には乾いた藪が生い茂り、両側は切り立った断崖になっている。この環境だと植生はほとんど見られないだろう。ふたつの物体がかれの目を引いた。ひとつはメタリックな輝きを帯びた球体……《イアヌス》である。

もうひとつはたいらなレンズ形の乗り物だ。直径三十メートル。

それは二キロメートルはなれたところにあった。表面は艶のない濃褐色をしている。

ハンター船だ！

＊

シド・アヴァリトとはじめて知り合った者はたいていの場合、その行動や話し方を見て、ぼんやりしているとか注意散漫とか思うだろう。自分がなにをしているのか、なにに関わっているのか、ちっともわかっていないようだと。

だが、その印象はまちがっている。シドの決断は早い。なによりも、かれは状況を一瞬で見ぬき、即座に判断をくだす能力の持ち主なのだ。

かれはセランのマイクロシントロンに指示を出し、通信装置を作動させた。

「アヴァリトから《イアヌス》へ。そちらの状況は？」

「なんと！」と、応答がある。「わたしは……われわれは……いったいなにがあったんだ？　ここでなにが起こっているのか、さっぱり理解できない！」

「理解するのはあとでいい」シドは少々いらだちながら、「きみらはいま自由に動ける状態か？」

「ああ。拘束されていたはずだが……」

「だと思った。見張りは何名いた？」

「三名だ。やつら、すっかり混乱していたよ。われわれが、まるで……いきなり別世界に行ったような感じだったから。拘束が解かれたあとは、やつらを掌握《しょうあく》するのはかんたんだった」

「しっかり監禁してあるか？」

「ああ」

「科学者たちは船内に？」

「全員いる……エンザとノックスをのぞいて」

「ふたりはここだ。よく聞いてくれ！　ただちに《イアヌス》をスタートさせろ。いますぐだぞ、わかるか？　ステュクス四から安全距離をたもて。すくなくとも十光秒だ。追ってまた連絡する」

「なんでまた……」

「急げ！」シドは叫んだ。「きみらの命がかかってる！」

「わかった、わかったよ」《イアヌス》要員がぶつぶついう。

数秒後、フィールド・エンジンの明るい音とともにコルヴェットが上昇し、最大価で加速。シドはそれを確認してほっとした。《イアヌス》は青空に浮かぶ光の染みとなり、やがて消えた。

「なんのためにこんなことを？」ノックス・カントルがつぶやく。

シドはハンター船の方向を指さして、

「やつらはあれを使ってわれわれを攻撃したんだ。全員いきなり動けなくなって失神したのをおぼえているか？　われわれを助けようとした《イアヌス》まで無力化された。つまり、あの船は強力なプシ兵器を積んでいるということ。それを知っていながらリスクを冒す必要など……」

ノックスが両手を出して合図する。

「よくわかった。わたしもかなり頭が鈍くなっていたようだ」

「これからどうするの？」エンザ・マンスールが訊く。

シドは黒っぽいレンズ形の乗り物をさししめし、皮肉な口調で応じた。

「たったいま、最後の輸送手段が失われたんだ。あの小舟にとりくむしかないだろう」

＊

どれほど危険かはよくわかっていた。ハンター船までの二キロメートルのあいだ、掩体はほとんどない。もし船内にだれかいたら……あるいは、船じたいが充分な知性と決定権を持つ自動制御装置をそなえていたら……目的達成のチャンスはなくなる。自分たちはホールでのときと同じく、プシオン・フィールドに捕まってしまうだろう。

しかし、船内が無人ということもありうる。ヴェルザール・ポルタクは現実のずれが生じたときに逃げだしたが、そろそろ帰ってきただろうか？　あと、五番めのハンターはどうなった？　根幹現実がもどってから《イアヌス》がスタートするまでには三分ほどあった。ハンターのだれか一名が船内にいるとすれば、その時間を使ってコルヴェットを乗員ごと無力化することもできたのではないか？

シド・アヴァリトはそんなことを考えながら、すこしでも身をかくすために、藪が生い茂るなか、地面から手の幅半分くらいの場所を浮遊していった。エンザ・マンスールがすぐうしろからついてくる。数メートルはなれてノックス・カントルとティルゾがつづく。いつのまにか目標から半分の距離まで進んでいた。一メートルごとに、うまくいくという確信が強くなる。かれらはいつでも戦えるようセランを調整し、ヘルメットを閉じて個体バリアを張った。

谷をはしる窪地がひとつある。シドはそこでグラヴォ・パックをオフにし、着地。幅の細い窪地は岩石だらけで、川床のような印象だ。雨期のときだけ水が流れるのだろう。ただ、シドがとりわけ引っかかったのは、この川床をこえると藪がほとんど見られなくなり、ハンター船の着陸地点までかくれる場所がまったくないことだった。

ここを通りぬけるとなれば、命をかけることになる。

かれは川床のこちら側を乗りこえ、反対側にのぼると、岩ブロックふたつの陰にかくれて、その隙間から開けた場所のほうをうかがった。ほかの三人が川床の石を踏みしだいて近づく音が聞こえる。

そのときだ。まばゆい閃光がはしり、空気が熱くなった。熱で揺らめく静寂を切り裂いて、どかんと破裂音が響き、岩壁に何重にもこだまする。シドは思わず頭を引っこめた。溶けた岩石の赤熱《せきねつ》した跡が一本、すぐそばの地面をはしっていき、細かい石が飛び散る。

気がつくと、ティルゾが隣りにきていた。

「やつを見つけた」と、早口にいう。「上だ。左の岩壁にいる」

「場所を教えろ！」シドは要求し、すぐさまエンザとノックスに呼びかけた。「きみたちはそこにいてくれ！」

ティルゾは陰険な狙撃兵のいる場所を説明した。ヴェルザール・ポルタクか五番めのハンターだろう。左のほうにある岩壁の、高さ半分くらいの場所にいる。そこにオーヴァハングがあって、前方の縁が高くなっているため、かくれられるのだ。ここからの距離は三百メートル。ハンターは大型ビーム兵器を持っている。シドとティルゾのニードル銃では、これだけはなれていたら勝ち目はない。パラライザーも同じことだ。ノックスとエンザは武装さえしていない。

シドは岩壁に視線をはしらせた。尾根のところに、大石がゆるく積み重なったようなブロックが見える。高さは成人男性の背丈ほど。

「頭をさげていろ！」かれはティルゾに警告した。

パラ露を入れてあるポケットをまさぐり、しずくをふた粒とりだした。手袋をしているので、直接プシコゴンに触れることはできない。薄いが抵抗力のある手袋ごしに効果を発揮させるには、ふた粒が必要だ。

パラ露の力が作用しはじめたのがわかる。まわりの風景がぼやけてきたから。シドはいまや、注意を集中すべき一点だけを見ていた……山の尾根にある大石のブロックを。おのれの精神に腕と手が形成されるのを感じた。その腕が伸びて、手がブロックをつかむ。大石の抵抗を感じた。テレキネシスというのは五次元性の力だが、質量あるものを動かすには、まずその静止状態を克服しなければならない。テレキネシスの手がちいさめの石をぐいと引っ張った。だが、そこには人間の高さの大石がひとつのしかかっているため、びくともしない。それでもシドはあきらめなかった。自分の筋肉を使って石を動かしているかのごとく、必死で念を送る。その額に汗が流れた。セランの空調装置がただちに作動し、やや上昇した湿度を調整する。

ついにちいさめの石と、その上に乗っていた大石が動いた。同時にほかの石もバランスを失いはじめる。岩雪崩《なだれ》が起こり、大石が盛大な音をたてて断崖を転がっていく。陰険な狙撃兵のかくれ場になっているオーヴァハングにも石が落ち、恐ろしげな轟音《ごうおん》が響きわたった。

シド・アヴァリトは疲労困憊《こんぱい》して地面に寝ころがった。谷はもうもうたる埃《ほこり》につつまれている。尾根の高さから落ちてくる岩石の雨はまだやまず、オーヴァハングに積みあがった石の山に大きな音をたてて衝突していた。

シドは深く息をつき、起きあがった。

「これでもまだ、やつがこちらを困らせると思うか？」そうティルゾに訊く。友の返事を待たずに、岩の陰から出て、ハンターが埋もれている岩雪崩の残骸にもう一度目をやった。それから、川床の縁にのぼって完全に乗りこえる。

「気をつけろ……！」と、ティルゾ。

その警告のせいか、あるいはかれの本能によるものか。シドは突然、成功の確信をなくした。早まったかもしれない。あと数分、待つべきだった。自分たちを見張っているハンターは一名だけだと、だれがいったんだ？

ふたたび後退しようとしたそのとき、ハンター船が爆発した。宇宙船から目をはなさずにいたシドは、艶のない黒っぽい外被がふくれあがるのを目撃。それもほんのわずかのあいだで、次の瞬間、かれは反対方向に吹き飛ばされ、川床の縁の斜面を転がり落ちた。

頭上では地獄の光景がくりひろげられた。青空に炎が噴きあがり、谷じゅうに恐ろしい音が響きわたって、轟音とともに殺人的な圧力波が乾いた川床を荒れ狂う。あたりはもうもうたる埃につつまれ、暴風が草の茂みを引きちぎった。

爆発によって地面の岩が砕け、砲撃のように降りかかってきた。あたり一面に落下しては、墜落の衝撃で粉々になる。川床はその残骸で埋めつくされた。そこをかくれ場にしていた四人がもし防御バリアで身を守っていなかったなら、容赦なくつぶされていただろう。岩の断片が命中しても、シド・アヴァリトは何度かその衝撃を感じただけですんだ。運動エネルギーはフィールド・バリアが吸収したから。かれは上のオーヴァハングにいたハンターのことを考える。ひどいことになっただろう。数トンもある岩が無数に落下してきたのでは、どんなに高性能の個体バリアも持ちこたえられまい。

それから何分たっただろうか、ふたたび静寂が訪れた。シドは言葉が見つからないまま、身を起こす。あたりにはまだ埃がただよっていた。岩の塊りをいくつかどけて道をつくり、斜面をよじのぼる。圧力波を奇蹟的に持ちこたえた岩ブロックふたつがそこにあった。隙間から向こうをのぞいてみたが、五メートル先も見えない。

それでも、目視確認する必要もなかった。埃が消えたとき、そこになにが見えるのかわかっていたから。溶けた岩石とクレーターだ。異宇宙船は影もかたちもないはず。

これがハンターの復讐であった。死を覚悟した瞬間、船の自己破壊メカニズムを作動させたのだ。

6

あとはルーチン作業だった。

シド・アヴァリトとティルゾ、エンザ・マンスールとノックス・カントルの四人は《イアヌス》に呼びかけ、すぐに迎えにいくとの応答を得る。ついでに《バジス》にも連絡するといわれた。

コルヴェットの到着を待つあいだ、四人はオーヴァハングへと飛翔してみた。うずたかい岩石をかたづけるのはひと苦労だったが、ようやくハンターの遺体を発見。

ヴェルザール・ポルタクである。個体バリアが落ちてくる岩の衝撃に耐えられなかったのだ。その光景はとても敬虔《けいけん》な気持ちになれるようなものではなく、かれらはハンターをそのままにして、さっきかたづけた岩を遺体の上に積み重ねた。これが墓標となるだろう。

それから西の方角に向かう。山を四つこえて、実験ステーションのある広大な谷に着いた。外から見るとホールは無傷のようだ。内部に入っても、なんの損傷も受けてないように見える。だが、仕切り部屋に行ってみると、床にハンターとテラナーが横たわっているのがわかった。どちらも意識がない。シドとティルゾはアンブッシュ・サトーのことは話で聞いていたものの、実際に会ったことはなかったが、エンザとノックスは超現実学者をよく知っている。数カ月のあいだ共同作業していたのだから。ストリクターの構想の一部はサトーのアイデアなのだ。

そんなわけで、エンザは意識のないサトーをとりわけ心配した。数分後には《イアヌス》が到着して、専門的な治療を受けられるはずだが。

すこしたってから、《イアヌス》から連絡を受けた捜索部隊がふたたびステュクス四にあらわれた。前に似たような動きをした例の重巡洋艦が、空き地のはしで二度めの着陸をおこなう。ロボット部隊が続々と出てきてホールの解体をはじめ、そこにあった機器類もろとも艦に積みこむ。作業は一時間で終了。同じころ、飛翔ロボット二体が北へ向かい、アンブッシュ・サトーがステュクス四に着陸させた機体とともにもどってきた。これもまた重巡の巨大な艦体のなかに収容される。

夜になり、沈みゆく恒星の光が銀河中枢部の星々の海にのみこまれはじめるころ、二隻の艦艇はスタート準備を完了した。ステュクス四にはもう、かつてGOIの実験ステーションがあったことをしめすものはなにもない。たとえハンター五名が実際にここで知ったことをフェレシュ・トヴァアル五三に報告し、ファアタ・ジェシが部隊を送りこんできたとしても、探すべきものはここには見つからないのだ。ハンターたちはストリクターの作動機序を解明できなかった。ストリクターは今後もGOIの秘密兵器として機能しつづける。

シドは《イアヌス》で入浴と長い休息を満喫した。このあいだに《バジス》はポジションを変更しており、合流するには四時間を要するとのことだ。まずなにより、敵を陽動しつつ回避しながら飛行する必要があるので。

シドは心からゆっくりすることができた。ステュクス四での成果に満足している。ハンター旅団はGOIを待ち伏せしようとハンター五名をサガポーに送りこみ、最初のうちはうまくいったかに見えたが、とうとう最後には無力化された。一名は死に、あとの四名は厳重な監視下におかれている。

ステュクス四でなにがおこなわれていたか、ファタ・ジェシが知ることはない。かれらの攻撃は無に帰したのだ。

＊

《バジス》の戦略をともに練っているウェイロン・ジャヴィアとガルブレイス・デイトンは、今回の〝ステュクス四事件〟から即座に教訓を引きだした。このとき、ストリクターを装備したロボット操縦ゾンデの開発プロジェクトが進行中だった。ゾンデには自己破壊メカニズムがそなわっている。未知のコンタクトがあった場合、自動的に崩壊するしくみだ。ストリクターの秘密をソトとその手下に知られないためである。

ゾンデは高性能のメタグラヴ・エンジンを搭載しており、《イアヌス》および三十四隻からなる同行艦隊がステュクス四から帰還してくる前に、すでに射出作業がはじまった。スティギ糸を見つける目的でプシ走査機を積んでいて、とりわけ二本あるいはそれ以上の糸が交わる場所に飛んでいくようプログラミングされている。ゾンデは超短波のビーコンを定期的に送ってくるが、そこには二次的な目的があった。これで《バジス》はスティギアン・ネットの測量をおこなえるわけだ。なによりも、複数のネット・ラインが交わる場所……ノードがどこにあるか、知ることができるだろう。

ファアタ・ジェシが好んでノードに宇宙要塞を設置することはわかっている。そこでゾンデのロボット操縦士には、かなりはなれたポジションからでも宇宙要塞を見わけられるようなプログラミングをほどこしておいた。要塞そのものは避けなくてはならないが、フェレシュ・トヴァアルに行きあたるたび、ゾンデは特殊な変調をくわえたビーコンを発信してくる。これにより、この宙域における敵の宇宙要塞の位置を概観できるのではないかと期待された。

先述したとおり、この計画は前から準備が進められていた。ウェイロン・ジャヴィアがステュクス四からの報告を受けたときは、ちょうどプロジェクトに本腰を入れようとしたところで、追加の労働力と製造手段を投入していた。そこにちいさな奇蹟が起こった。指示を受けて八時間後には、最初のゾンデのスタート準備が完了したのだ。以来、数百機のゾンデが発射された。いまのところ、自己破壊メカニズムを作動するはめになったものは一機もない。ビーコンは規則正しい間隔で送られてきており、ときどき特殊な変調を持つものもとどく。ゾンデのシグナルはコンピュータが処理している。《バジス》のだれも存在を予測しなかった宇宙要塞もいくつか発見された。ほかにも重要なことがある。ゾンデがスティギ糸を切断してプシ通信メッセージを傍受しはじめたのだ。メッセージは記録され、《バジス》に転送された。ハイパー通信ベースの転送は古くから定評のある分割・要約形式を使っておこなわれたので、疑われる危険はない。傍受した通信もコンピュータが解析し、情報専門家が精査・評価している。最初、これについて船の幹部は知らされていなかった。ビッグ・ブラザーの司令室では細かいことに気を配っていられない。目下、ほかにも心配の種があるからだ。

ステュクス四で捕らえたプテルス四名は、エネルギー手段で防護した宿舎に監禁されていた。とりあえず、かれらだけにしてある。生きるための必需品や快適さをそなえた監房は、ふつうの捕虜よりも恵まれた環境だ。ハンターたちに関しては問題ない。

だが、アンブッシュ・サトーについてはそうはいえなかった。いまも意識がもどっていないのだ。《バジス》の首席医師ハース・テン・ヴァルが個人的に面倒をみているが、いまのところ超現実学者の意識回復を妨げる要因はなにも見つからない。テン・ヴァルは医療ロボットに継続的経過観察を指示するだけだった。それ以上のことはできないから。あらゆるデータを見ると、いずれ自力で意識をとりもどすだろうと思われるのだ。

ペレグリンもやはり同じ意見だった。かれのもとへウェイロン・ジャヴィアが向かったときのこと。ジャヴィアは思ったのである……この奇妙な老人のほうが、高感度機器を使って診断する医師たちよりもアンブッシュ・サトーのことをよくわかっているのではないかと。

「まさにそのとおり」ラボのひとつでジャヴィアと向かい合ったペレグリンは、そういった。「わが敬愛すべき師にしてマスターは〝気〟を使いつくした。休息が必要なのだ。アンブッシュ・サトーはいま、完全なる瞑想を体験している。なにも見えず、なにも聞こえず、なにも感じていない。心を空虚にしているのだ。瞑想によって〝気〟にあらたな力がとりこまれる。待っていなさい。やがて意識をとりもどすから」

「ステュクス四でなにがあったか、あなたは知りませんよね？」ジャヴィアが探りを入れる。「おかしな話を聞いたんです。突然ある世界が虚無からあらわれ、また消えたと。なんのことだか見当もつかないのですが」

「サトーが現実変位を起こしたのだ」ペレグリンの答えだ。「ストリクターのエネルギーを使い、自分の周囲をべつの現実平面に移動させた。これが成功してハンターたちに不安と驚愕をもたらし、捕虜の解放につながった。だが、あまりにがんばりすぎたのだな。力を使いはたし、倒れてしまった」

「現実変位？」ジャヴィアがつぶやく。「なんです、それは？　新兵器ですか？」

「きみが兵器や戦いに興味がないと知っていなかったら、断固きびしく答えるところだが、ウェイロン・ジャヴィア」老人は笑みを浮かべた。「それでもいっておきたい。これに関するきみらの知識はかぎられている。そうである以上、アンブッシュ・サトーの研究を実用化しようなどと考えないことだ。まして軍事手段にするなどもってのほか。現実変位を起こすにはプシオン・エネルギーのみならず、有機体の精神活動も必要だ。サトーの精神はきみたちのなかでも最善のもの。かれは実験のために命をかけた。サトーほどの知識を持たない者だったらどうなっていたか、きみだって思い描くことはできるだろう」

ジャヴィアは白髪の老人を見つめて考えこみ、こういった。

「あなたはサトーを〝わが師にしてマスター〟と呼んだが、ときどきあなたのほうがかれより事情通のように思えますよ」

ペレグリンは真剣な顔になり、

「そう見えるとすれば、わたしがサトーより表現のしかたがうまいというだけだ」と、応じる。「自分の作業について、かれよりも多く語っているところからくる印象だろう。

だがそれでも、ウェイロン・ジャヴィアよ、わたしは現実にまつわる実験をおこなうことを奨励しない。きみたちが手を突っこもうとしているものは、火よりも熱いのだ」

ウェイロン・ジャヴィアは老人との対話を終え、自室キャビンにもどっていった。ますます深く考えこみながら。

＊

こうした巨大船でなかったら、数カ月も顔を合わせない乗員たちがいることは基本的にあまりないだろう。

「いまだにわからないんだが」と、シド・アヴァリトがいっている。「われわれパラテンサーはきみたちのプロジェクトでどういう役割をはたすんだ？　ティルゾの場合はまだ理解できる。かれがスティギ糸を見聞きする能力は、高性能プシ走査機よりもすぐれているんだから。だが、なんでテレキネスが必要なのかね？」

気心の知れた者たちどうしの会合だった。ティルゾはいつものように口数がすくないが、注意深く聞いている。エンザ・マンスールとノックス・カントルはくつろいだようすだ。ステュクス四での激烈な出来ごとをなんの副作用もなく乗りこえたように見える。だがそうではないと、シドだけは思っていた。すくなくとも部分的なショックはふたりのなかにのこっているはず。なぜかというと、もう二度と見ることもないだろうサガポーを去って以来、エンザとノックスは喧嘩していないのだ。

「パラフレクターの予備テストが完了した」と、ノックスが応じる。「大規模実験をおこなうため、あす実験船で出発する予定だ。パラフレクターを目的どおりに機能させるにはシントロン・スイッチが必要で、その設計がまだのこっている。有能な専門家グループが構想を練っているところだ。一週間以内には試作品が完成し、テストにうつれると思う。テストじたいはさらに一週間かかる。エスタルトゥから艦隊がくるかもしれないから、あまり時間はない」

そこで口をつぐんだ。まるで、いまの説明ですべてわかるだろうといわんばかりに。

「きみの言葉はバアロルの耳に入ったらしいな」シドがぶつぶついう。ノックスがもうなにもいわないようだとわかり、「ほかの言葉は理解できても肝心のところがまったくわからん。パラフレクターとはなんだ？　あと、どうしてわたしが必要なんだ？」

ノックスは驚いたようにシドを見たが、なにか口にする前にエンザが割りこんだ。

「かれのは説明になってないのよ。いつだって頭のなかで言葉が二歩先を進んでるんだもの」

「わたしの説明はわかりやすいとも」ノックスがいいかえす。「みんなよく理解してくれる。たずねてみるといい……」

「だれによ？」エンザは笑い飛ばした。「たとえばレオ・デュルク？　あなたからストリクターの放射メカニズムの説明を聞いたあと、かわいそうに、心理セラピーを受けるはめになったのよ。日がな一日、ぶつぶつ数式をつぶやいてるもんだから……」

「デュルクは悪い例だ」ノックスが弁解する。

「いちばん悪い例はあなたよ。だって……」

「ああ、そうかい！　きみはまたそうやって……」

「とにかく、あなたは説明が下手《へた》くそだといいたいの。以上！」

シドはひそかににんまりした。ブルー族もおもしろがって四つ目を輝かせている。恋人たちが派手に喧嘩をはじめたなら、すべて世はこともなしだ。

＊

ところが、アンティの一日はそれほど〝こともなし〟では終わらなかった。数時間後、パラフレクターの機能とプロジェクトにおける自分の役割を多少なりとも知ることができたシド・アヴァリトは、ガルブレイス・デイトンのもとへ向かった。船内の保安にまつわる件で、かれと意見交換したいと考えたのだ。

デイトンのプライヴェート・エリアは《バジス》の船首方向に突きだしたエプロン部分に位置していて、心地よくしつらえた部屋が複数ある。保安部チーフは、二十九世紀テラの調度がならぶひろい部屋でシドを出迎えた。

シドは室内を見まわしてはっとした。こちらに背が向いた椅子にすわっているので、白髪頭がすこし見えるだけだが。先客がいたのだ。

「きみのほかに、もうひとり呼んでおいた」デイトンが親しげにいう。「かれの助言は非常に貴重なものなのでね。船内保安に関する話をするなら、かれにも同席してもらおうと思って」

「そのほうがよければ……」

シドがいいかけたとたん、椅子がこちら側を向いた。胸までとどく長い白髭の老人だ。その威厳ある顔立ちを、シドは正面から見つめる。

最初は驚きで口もきけなかったが、やがて言葉がほとばしった。

「ペレグリン！　いったいどうして……？」

あとはつづかない。

「いかにもわたしはペレグリンだが」と、老人が応じる。「きみはなぜ、わが名をご存じだね？」

「いや、なぜって……」シドは当惑して笑いだし、「テラで会いましたよ。チョモランマで。おぼえていませんか？　ジュリアン・ティフラーとニア・セレグリスもいっしょでした。あなたがわれわれに道をしめしてくれたんです。それから、フェレシュ・トヴァアル七〇三でも凶悪ハンターから救ってくれたじゃないですか、エルサンド・グレルとわたしを……」

白髪の相手がなんのことだかわからないという顔をするので、シドは口をつぐむしかなかった。

「残念ながら」ペレグリンがいう。「わたしはその場にいなかった。その出来ごとについては聞いているが」

「そんなばかな！」と、シド。「わたしはあなたをよくおぼえていますよ。名前も、その……衣装も。絶対にあなただった！」

老人はかぶりを振ってほほえみ、

「思いこみではないかな、若いの。ペレグリンという名はめずらしくないし、この手の衣装などいくらでも銀河商人から買える。いま非常に流行しているのだ。わたしはこれをクスルドルクというスプリンガーから買った。かれの故郷惑星アルヘツでね。もうずいぶん昔のことだが」

シドは口をあんぐり開けた。いうべき言葉が見つからない。「さっきいっていた出来ごと」

「割りこんですまない」ガルブレイス・デイトンである。「さっきいっていた出来ごとはいつ起こった？　チョモランマと宇宙要塞七〇三の話だ」

《バジス》保安部チーフはもちろん答えを知っている。いずれもセンセーショナルな事件だったから。それでも直接シドの口から聞きたかったのだ。

「さっきの話ですか？　チョモランマは……三カ月ほど前で、フェレシュ・トヴァアル七〇三の出来ごとからはまだ二週間です」

デイトンはいわくありげな笑みを浮かべ、

「だったら、やはりきみの勘ちがいだ。どちらのときもペレグリンは《バジス》に乗船していた。わたし自身が知っている。ほぼ毎日、かれと仕事をしているのだから」

シドはもごもごと、なにかつぶやいた。ここにいるペレグリンがソトム侵入作戦のさいに見た老人と同一人物であることはまちがいない。あのときも謎めいたやり方で、作戦部隊の前にあらわれたのだ。

とはいえ、自分になにがいえる？　もしかすると老人はこちらをあざむいているかもしれないが、ガルブレイス・デイトンが請け合っているのだから。作戦部隊がソトムに進攻したとき、デイトンはペレグリンとともに《バジス》にいたという。かれが嘘をいう理由はない。

「さ、若いの。きみには気つけの一杯が必要なようだ」

ペレグリンはそういって、シドにグラスを手わたした。シドは中身をいっきに飲み干し、さらに五杯もおかわりする。アルコールが効き目をあらわしたのか、しだいにかれはおちつきをとりもどした。ほろ酔い気分で、二名いるペレグリンをとりちがえたんだと冗談までいってのけた。

しかし、心の奥底には一抹の疑念がとどこおっている。この晩はもうガルブレイス・デイトンと船の保安問題について話し合うことはできなかった。

＊

カレンダーの日付はNGZ四四六年六月二日。ウェイロン・ジャヴィアは司令室にいた。ここを定期視察するのが自分の義務と考えているからだ。自室キャビンからおこなえない作業などひとつもないのだが。《バジス》はいま待機中で、いわば錨《いかり》をおろした状態にある。毎日がこともなく過ぎていた。この日はエンザ・マンスールとノックス・カントルがパラフレクターの最初の大規模実験をおこなうのだが、なにもかも予定どおりに進むだろう。現代技術に関して想定外のことは起こらない。すべてのテストはあらかじめコンピュータがシミュレーションするのだから。

ジャヴィアは司令室中央のたいらなポデスト上にある馬蹄形コンソールに入り、シートにすわった。すこし退屈そうに周囲を見まわす。そのとき、数メートル先からハミラー・チューブの心地よく調整された声が聞こえた。純粋エネルギーからなる音声サーボは目に見えない。

「ウェイロン・ジャヴィア船長、お知らせがあります」と、コンピュータの声。「ソテイストのプシ・メッセージを千六百件以上とらえ、解読しました。そのなかにひとつ、あなたが興味をお持ちだろうと思われるものがあったのです。暗号解読にはかなり時間がかかりました。それでも、これは最重要のメッセージと位置づけられるのではないでしょうか」

「話が長いぞ、ハミラー」ジャヴィアが文句をいう。「さっさと見せてくれ」

「かしこまりました、サー。テキストは次のとおりです。〝ペリフォルの先兵、グメ・シュジャアに到着。百時間後。コース三一〟」

ジャヴィアは電撃を受けたように跳びあがった。

「ペリフォルの先兵だと！　エスタルトゥ艦隊の前衛艦だ。コース三一は宇宙要塞のことだな？」

「まちがいありません、サー」

「要塞のポジションはわかるか？」

「まだでして、サー……」

「まだでして、まだでして、サー！」きいきい声がいきなり割りこんできた。「まったく、あんたたちの目はいつになったらちゃんと開くんだ？　データはそろってるじゃないか。ゾンデは座標を伝えてきたし、傍受したプシ通信にも情報がある。あとは確認して、しかるべき見地から精査すればいい。そうすりゃ、ぜんぶのフェレシュ・トヴァアルが記載された地図なんぞ、手を引っくりかえすあいだに完成する」

　ジャヴィアは注意深く耳をかたむけた。この声を知っている気がするのはなぜだろう？　どこで聞いたのか？　コンタクトはみじかいものだったにちがいない。そうでなければ思いだすはず。

「きみはだれだ？」と、訊いてみる。

「わたしはだれ？　だれでしょう？」声がばかにしたようにまねをする。「いずれわかる。まだその時じゃない」

「だが、きみならぜんぶのフェレシュ・トヴァアルが記載された地図を提供できるというのだな？」

「二十時間あればね。最終評価をするにはそれだけかかる」

「手を引っくりかえす時間にしてはずいぶん長いな」ジャヴィアがわざと皮肉をいう。これで未知の話者をかくれ場からおびきだせるかと思ったのだ。「どんな手をしてるんだか見たいものだ」

「なんとでもいえ！」声ががみがみいう。「だが、その地図を見たら目と口が開きっぱなしになるぞ」

「ハミラー？」と、ジャヴィアは呼びかけた。

「ここです、サー」ハミラー・チューブはなにごともないかのように威厳ある声で、「おしゃべり屋には好きなだけ語らせておこうと思いまして」

「かれの正体はまだわからないのか？」

「闖入者《ちんにゅう》です、サー」

ジャヴィアは考えこんだ。あのきいきい声をどこかで聞いたという思いが意識から去らない。

「必要な処置はすべて手配しました、サー」と、ハミラー・チューブがいう。

ジャヴィアははっとして、

「必要な処置？　ああ、そうだ！　ＧＯＩには知らせたか？」

「通常の方法で分割・要約した内容を送りました。われわれがペリフォルの先兵を待ちかまえているとは、ソトの拠点では予想すらしていないでしょう」

ジャヴィアはシートから腰を浮かせてからだを支える。未知の声のおしゃべりに気をとられていたが、いまはここ数日待っていたメッセージにどう対処するか、それだけを考えていた。

ペリフォルの前衛艦！　ペリフォルはムウン銀河を支配する永遠の戦士だ。エスタルトゥから艦隊がくるということ！　決定的瞬間が近づいている。本当にＧＯＩがソト＝ティグ・イアンに効果的に対抗できるかどうか、じきにわかるだろう。

じきに……

あの奇妙な声さえ頭から消えてくれたらいいんだが！

あとがきにかえて

星谷　馨

　年寄りというのは病気自慢をするものだと聞いていた。なにが楽しくてそんなことするのかと以前は思っていたが、いまならわかる。たぶんある年齢以上の人々にとって、からだの不調は〝共通語〟なのだ。かく言うわたしも、きりのいいある年齢（ご想像におまかせします）を迎えてから、おもしろいようにあちこちガタが来はじめた。いや、おもしろがっている場合ではない。膝の調子は悪いし、腰は痛いし、目はかすむ。肩凝りは以前から職業病とあきらめていたが、もう凝るというレベルじゃなく板が入っているみたいにバリバリだ。ストレッチや筋トレが効果的といわれていろいろやってはいるのだけど、そのせいでかえって痛みが出たりする始末。

　おまけに、一度けがをするとなかなか治らないのだ。若いころのような迅速な修復作業を細胞があきらめてるとしか思えない。「もういいでしょ」「とりあえずこのまま我慢してもらって」と、わが体内でメッセンジャーがやりとりしてるのが聞こえるようだ。昔はいつのまにか治っていたあちこちのキズが、いまはいつもそこにある。

……てな感じで、同世代の人々と語り合える〝共通語〟を手に入れた最近のわたし。度重なるけがを克服して競技にのぞんでいるアスリートたちへの尊敬の念がとまらない。その最たる対象がフィギュアスケートの羽生結弦選手である。ドクターストップがかかるほどの痛みをおしてリンクに立つ姿はじつに神々しかった。

この原稿を書いているいま、二〇二二年北京オリンピックの閉会式がおこなわれる。選手のみなさん、本当にお疲れさまでした。

訳者略歴　東京外国語大学外国語学部ドイツ語学科卒，文筆家　訳書『チャヌカーの秘密洞窟』エルマー＆ダールトン，『新生ソト任命』マール＆グリーゼ（以上早川書房刊）他多数

HM=Hayakawa Mystery
SF=Science Fiction
JA=Japanese Author
NV=Novel
NF=Nonfiction
FT=Fantasy

宇宙英雄ローダン・シリーズ〈662〉

パラディンⅥの真実《しんじつ》

〈SF2361〉

二〇二二年四月　十　日　印刷
二〇二二年四月十五日　発行

（定価はカバーに表示してあります）

著者　H・G・エーヴェルス　クルト・マール
訳者　星《ほし》谷《や》馨《かおり》
発行者　早川浩
発行所　株式会社　早川書房
郵便番号　一〇一 - 〇〇四六
東京都千代田区神田多町二ノ二
電話　〇三 - 三二五二 - 三一一一
振替　〇〇一六〇 - 三 - 四七七九九
https://www.hayakawa-online.co.jp

印刷・信毎書籍印刷株式会社　製本・株式会社川島製本所
Printed and bound in Japan
ISBN978-4-15-012361-1 C0197